Anubis

Allein gegen die neue Weltordnung

Roger Kappeler

www.rogerkappeler.ch
© Roger Kappeler, Embrach (CH)

Lektorat: Andrea Weibel, www.andreaweibel.ch
Layout & Covergestaltung: Tanja Holzer, Wortfeger.ch
Coverbild: Jeff Porter, USA, www.jeffporterart.com
Herstellung: BoD – Books on Demand, Norderstedt

1. Auflage 2016
2. Auflage 2021

ISBN 978-3741239-10-6
auch als E-Book erhältlich

Alle Urheberrechte ausdrücklich vorbehalten.
Insbesondere die Vervielfältigung und Verbreitung,
auch auf elektronischem Weg und auszugsweise, sind nur
mit schriftlicher Genehmigung des Autors gestattet.

Die Deutsche und Schweizer Nationalbibliotheken verzeichnen
diese Publikation in der Nationalbibliografie; detaillierte
bibliografische Daten sind im Internet über
www.dnb.de und www.nb.admin.ch abrufbar.

Prolog	9
Eine schrecklich nette Familie	12
Auf der Polizeiwache (Teil 1)	20
Der Geheimbund	25
Auf der Polizeiwache (Teil 2)	36
Tag der Abrechnung	43
Die magischen Lottozahlen	51
Die geheimnisvolle Akasha-Chronik	60
Die Stadt in der Zukunft	69
Eine rätselhafte Begegnung	80
Zurück in der Gegenwart	94
Fennek der Wüstenfuchs	100
Novus ordo mundi – Die neue Weltordnung	108
In den Fängen der Mächtigen	122
Die Kultur des Todes	135
Auf der Flucht	149
Angriff ist die beste Verteidigung	160
Die Revolution des Bewusstseins	167
Europa in Flammen (Epilog)	183

*Wer der Menge folgt,
wird gewöhnlich nicht weiter kommen als die Menge.
Wer jedoch alleine marschiert,
wird sich wahrscheinlich an Orten wiederfinden,
an denen er noch nie zuvor gewesen ist.*

(Albert Einstein)

Prolog

Als die Sonne im Abendrot langsam am Horizont versank und sich der Schatten wie ein dunkler Vorhang schweigend über die grauen Häuser und Strassen legte, erreichte Anubis die winzige Parkanlage in der Nähe des trostlosen, halb verlotterten Vorstadtbahnhofs. Dieser Ort war mindestens ebenso erbärmlich wie das Leben all der jungen Männer, die sich an diesem herbstlich milden Spätnachmittag hier versammelt hatten, um sich zu prügeln. Es ging darum, welche der beiden verfeindeten Strassengangs ein für alle Mal die Vorherrschaft über dieses im Grunde genommen völlig unbedeutende Stadtviertel an sich reissen konnte.

„Vorwärts, Leute. Macht sie alle!", brüllte Hades, der Anführer der einen Gang, aufpeitschend. „Zermalmt sie zu Brei, diese ehrlosen Kanalratten."

„Haha, habt ihr das gehört, Krieger?", entgegnete der Boss der anderen Strassenbande höhnisch. „Diese Knilche glauben doch tatsächlich, dass sie uns von hier vertreiben können. Jetzt zeigen wir denen mal, wer die wahren Könige der Strasse sind. Los, schnappt sie euch! Auf in den Kampf!"

Unter lautem Geschrei und bis an die Zähne bewaffnet wollten die wilden Kerle gerade aufeinander losgehen, als der schmächtige, unscheinbare Anubis unerwartet die Szenerie betrat. Ehe sich der verträumte junge Mann bewusst war, was sich da vor seinen Augen soeben abspielte, stand er zwischen den Fronten.

Umzingelt von einer Horde gewalttätiger, aggressiver Schlägertypen, deren gedanklicher Radius etwa demjenigen eines Bierdeckels entsprach. Was dann geschah, konnte sich jedoch niemand so richtig erklären. Auf jeden Fall hörte das Schlachtengebrüll abrupt auf und ungefähr zwanzig *Strassenkrieger*, wie sie sich nannten, glotzten Anubis dermassen verdattert an, als wäre er eben vom Himmel gefallen.

Nach einigen Sekunden eisigen Schweigens durchbrach der schüchterne Anubis schliesslich die angespannte Stille.

„Ähm, entschuldigt die Störung, Leute", nuschelte er etwas verlegen vor sich hin. „Ich soll meinem Bruder Charon bloss ausrichten, dass das Abendessen bereitsteht. Mama hat gesagt, dass ich …"

„Verdammt nochmal, halt gefälligst die Klappe und verpiss dich sofort, du elender Schwachkopf", zischte Hades, der vor allen Jungs unbeabsichtigt gedemütigte Anführer, mit einer Mischung aus Scham und Wut.

„Oh, habt ihr das gehört, Brüder?", provozierte ihn der Rädelsführer der feindlichen Gang mit lauter Stimme. „Mutti hat den grossen Krieger zum Abendessen gerufen, der lauwarme Baby-Griessbrei steht schon bereit. Anschliessend wird sie ihm noch eine niedliche Gute-Nacht-Geschichte vorlesen und dann geht's – husch, husch – ab ins Körbchen."

Die Mitglieder seiner Gang brüllten förmlich vor schadenfreudigem Lachen, während Hades alias Charon vor Scham am liebsten im Boden versunken wäre. Sogar seine eigenen Leute konnten sich ein heimliches Grinsen über diesen äusserst peinlichen Vorfall nicht verkneifen.

„Och, und wie wir soeben erfahren haben, heisst

unser Superheld also gar nicht Hades, sondern Charon", verhöhnte ihn der andere genüsslich weiter, „das tönt aber nur halb so böse wie Hades, der Herrscher der Unterwelt. Oder was meint unser süsser kleiner Babybreifresser dazu?"

„Na warte, du mieser ...", schrie Hades zornig, während er sich auf seinen Erzfeind stürzen wollte. Doch genau in diesem Moment ertönte von Weitem das bedrohliche Heulen der Polizeisirenen.

„Verflucht, die Bullen sind im Anmarsch", rief einer der Halbstarken aus dem Hintergrund. „Los, verziehen wir uns!"

„Wir sehen uns noch", verkündete Hades mit geballten Fäusten, „und dann seid ihr alle dran, das schwöre ich. Aufgeschoben ist nicht aufgehoben."

„Ist gut, dann kannst du ja deine Mutti auch gleich mitbringen, damit sie dich vor Ort verarzten kann, nachdem ich dich plattgemacht habe."

„Deine Tage sind gezählt", knurrte Hades hasserfüllt, dann spuckte er dem anderen als Zeichen der Verachtung vor die Füsse.

Mittlerweile waren die ersten Polizeiwagen, die ein besorgter Anwohner alarmiert hatte, bereits in Sichtweite. Innerhalb weniger Sekunden hatten sich die meist jugendlichen Bandenmitglieder in alle vier Windrichtungen zerstreut. Nur Anubis blieb wie angewurzelt an Ort und Stelle stehen, unfähig, auch nur einen vernünftigen Gedanken zu fassen. Kurz darauf klickten die Handschellen und man führte den unschuldigen jungen Mann ab, der widerstandslos alles mit sich geschehen liess.

Eine schrecklich nette Familie

Rückblick

„Anubis", rief die Mutter mit müder Stimme aus der Küche, „geh doch bitte deinen Bruder Charon suchen, in einer halben Stunde ist das Abendessen bereit." Dann murmelte sie in leisem, besorgtem Tonfall vor sich hin: „Weiss Gott, was aus diesem ewigen Herumtreiber noch werden wird. Was habe ich bloss falsch gemacht?"

Die gute Frau, sie war um die Mitte vierzig, hatte es nicht gerade einfach in ihrem Leben. Ihr früherer Ehemann war schon vor vielen Jahren abgehauen und hatte sie mit den damals noch kleinen Kindern einfach im Stich gelassen. Seither hatte sie nie wieder etwas von diesem Schurken gehört.

Mittlerweile waren die beiden Jungs Anfang zwanzig und – naja – beinahe erwachsen. Aber eben nur beinahe. Der jüngere von ihnen, Anubis, legte teilweise ein ziemlich merkwürdiges Verhalten an den Tag. Er war ein verträumter, zartbesaiteter Bursche, der schon beim blossen Gedanke an eine schwarze Katze erschrocken zusammenzuckte. Er repräsentierte den klassischen *An-das-Gute-im-Menschen-Glauber*, der heimlich vermutlich auch an das Christkind und den Osterhasen glaubte.

Kurz gesagt: Bei Anubis handelte es sich nicht gerade um die Verkörperung jugendlicher Coolness. Dafür war er von Natur aus mit geheimnisvollen, spirituellen Gaben gesegnet, welche die gewöhnlichen Durchschnittsmenschen weder einordnen noch sonst irgendwie verstehen konnten. Aber Anubis machte es schon längst nichts mehr aus, dauernd als eine Art Sonderling abgestempelt zu werden. Denn er war seit seiner Kindheit nichts anderes gewohnt, als in seiner eigenen Welt zu leben.

Und der andere? Tja, wie es das Schicksal so wollte, war er in allen Belangen das pure Gegenteil seines um ein Jahr jüngeren, friedliebenden Bruders. Charon besass nicht nur äusserlich die Statur eines raubeinigen Muskelprotzes und die dazugehörige düstere Ausstrahlung, auch in seiner Gedankenwelt drehte sich ständig alles um Gewalt, Macht und weltliches Ansehen. Er verkörperte den typischen, skrupellosen Schlägertyp, gefürchtet und gleichzeitig vergöttert in der Szene der kleinkriminellen Vorstadtgangster.

„Ist gut, Mama", entgegnete Anubis hilfsbereit wie üblich, „ich schau mal, wo der *böse Gangsterboss* steckt. Bin gleich wieder zurück."

Während er verträumt eine Melodie vor sich hinsummte, verliess er nichtsahnend sein behagliches Zimmer. Sein geliebter Rückzugsort, wo er sich so gerne verkroch, um sich vor dem abscheulichen Treiben, das sich in dieser herzlosen, kalten Welt tagtäglich aufs Neue abspielte, zu verstecken. Hätte Anubis gewusst, was ihn da draussen alles erwarten würde, dann wäre er an diesem Tag mit Sicherheit zu Hause geblieben.

Gedankenverloren schlenderte er die vertraute Strasse des heruntergekommenen und meistens wie ausgestorben wirkenden Vorstadtquartiers hinunter. Die Leute gingen nur hinaus, wenn sie unbedingt mussten. Denn viele hatten schlichtweg zu grosse Angst vor den unzähligen Verbrechern, die überall herumlümmelten und meistens einer der sich rivalisierenden Gangs angehörten. Schiessereien, Messerstechereien, Vergewaltigungen und Raubüberfälle gehörten in dieser unwirtlichen Gegend ebenso zur Tagesordnung wie die ständig patrouillierenden Streifenwagen der Polizei. Die meisten dieser jungen Männer und Jugendlichen, die zu einer der beiden Strassenbanden – oder etwas moderner ausgedrückt: *Street Gangs* – gehörten, hatten schon seit frühester Kindheit eine Identität entwickelt, die von einem Gefühl der Wertlosigkeit geprägt war. Mehr oder weniger unbewusst versuchten sie eigentlich nichts anderes, als durch die Gruppenzugehörigkeit zumindest ein kleines bisschen Geborgenheit und emotionale Sicherheit zu erhaschen sowie ein Gefühl der Zugehörigkeit zu finden. Unerreichbare Werte für diese jungen Leute, die bisher ein vorwiegend tristes Dasein geführt hatten.

Zumeist handelte es sich bei den Mitgliedern dieser Banden um verunsicherte, von der Gesellschaft ausgegrenzte Menschen, die entweder aus zerrütteten Familienverhältnissen stammten, oder um junge Migranten, die ihrem Frust und ihrer Unzufriedenheit irgendwie Luft verschaffen wollten. Denn gleichzeitig in zwei Kulturen zu leben und sich in beiden Welten zu behaupten, war eine Gratwanderung und alles andere als einfach. Vor allem auch deshalb, weil es für die meisten von ihnen keine allzu rosigen Zukunftsaussichten gab. Der ideale Nährboden also, um sich von den dunklen Seiten des Lebens verführen zu lassen.

Solche Leute taten fast alles, auch wenn es noch so abscheulich war, bloss um ein wenig Anerkennung zu erhalten. Mit jedem weiteren Verbrechen, die als eine Art Ersatzbefriedigung für ein normales Leben dienten, sank auch die Hemmschwelle, und gleichzeitig verstärkte sich der moralische Zerfall innerhalb dieser Gruppierungen rapide. Hatte man erst einmal einen bestimmten Punkt in dieser tragischen Entwicklung erreicht, dann war der Schritt, sich von einem dieser menschenverachtenden Hassprediger verführen und im Namen der Religion zu einem radikalen Terroristen *ausbilden* zu lassen, nur noch ein ganz kleiner. Genau an diesem Punkt war Charon, der ältere Bruder von Anubis, nun angelangt. Passend dazu hatte er sich kürzlich je eine Tätowierung auf seine muskelbepackten Oberarme stechen lassen. Links eine Art Monster mit einem hässlichen Ziegenkopf und auf der rechten Seite eine reptilienartige Kreatur mit einem bösartig dreinblickenden Vogelkopf, unter dem in verzerrten, schwarzen Buchstaben der mysteriöse Name *Hades* prangte. Nun haftete ihm der moderne, verrottete Todeshauch aus den niederen Sphären der Astralwelt buchstäblich am eigenen Leib. Eingebrannt für eine ganze Lebenszeit. Die Weichen für eine unheilvolle Zukunft waren gestellt, eine heftige Bruchlandung früher oder später war vorprogrammiert.

Doch an all dies dachte der sanftmütige Anubis nicht, als er an diesem frühen Abend seinen Bruder suchte, um ihn über das bevorstehende Abendessen zu informieren, das ihre Mutter wie immer liebevoll zubereitet hatte. Natürlich wusste er nur allzu gut, dass er in diesem Stadtteil von niemandem etwas zu befürchten brauchte, da er unter der persönlichen Schutzherrschaft seines grossen und allseits gefürchteten Bruders Charon stand. Obwohl sich dieser insgeheim für seinen dürren, bleichen und in seinen Augen völlig verweichlichten jüngeren Bruder schämte. Trotzdem würde er es niemals zulassen, dass Anubis auch nur ein einziges Haar gekrümmt wurde.

Während Anubis, immer noch leise summend, den grauen Hausfassaden entlangschlenderte, kam ihm kurioserweise plötzlich in den Sinn, weshalb er und sein Bruder überhaupt so eigenartige Namen besassen. Weil sich die Mutter schon seit vielen Jahren für Astrologie interessierte, hatte sie darauf bestanden, ihre Söhne nach irgendwelchen geheimnisvoll klingenden Gestirnen im Weltall zu benennen.

„Was für eine wahnsinnig originelle Idee", ging es Anubis durch den Kopf, „wahrscheinlich hat mein Vater damals deswegen fluchtartig das Weite gesucht." Ein trauriges Lächeln huschte beinahe unmerklich über seine feinen Gesichtszüge, die teilweise von seinem etwas längeren, schwarzen Haar verdeckt waren. Seine Mutter wusste zwar, dass es sich bei Anubis um einen Asteroiden und bei Charon um einen der fünf Monde des Planeten Jupiter handelte. Was sie bei der Geburt ihrer Söhne hingegen nicht gewusst hatte, war der eigentliche historische Ursprung dieser beiden Namen.

Bei Anubis handelte es sich nämlich um niemand Geringeren als um den altägyptischen Gott der Totenriten, der in den antiken Abbildungen vorwiegend als liegender, schwarzer Hund oder als Mensch mit einem Hundekopf dargestellt wurde. Deswegen wurde Anubis von seinen Mitschülern während seiner Schulzeit auch oft gehänselt und mit abschätzigen Spitznamen gebrandmarkt. Vielleicht war das der Grund, weshalb Anubis Hunde nicht sonderlich mochte. Den Jupitermond Charon hingegen hatte man nach dem düsteren, greisen

Fährmann benannt, der gemäss der griechischen Mythologie die Verstorbenen mit seiner Barke über den Totenfluss Styx rudert und sie am anderen Ufer, am Tor zur Unterwelt, wieder absetzt. Obschon das Sinnbild vom düsteren Fährmann des Todes eigentlich recht gut zu Charon passte, konnte er sich mit diesem Namen eigentlich nie richtig anfreunden. Das lag vielleicht daran, dass sein Vater den Namen ebenfalls nie gemocht hatte und Charon ihm, seinem verlorenen und grösstenteils unbekannten Vater, unbewusst nacheiferte. Obwohl die Erinnerungen an ihn nach all den Jahren beinahe verblasst waren, hatte Charon im Laufe der Zeit auch einige negative Charakterzüge seines Vaters übernommen, falls er sie nicht schon von Geburt an gehabt hatte: Herrschsucht, Egoismus und jähzornige Wutausbrüche waren nur einige davon, und sie machten nicht nur der sich aufopfernden armen Mutter das Leben schwer.

Um seinem bürgerlichen Leben sowie seinem ungeliebten Namen zu entfliehen, hatte sich Charon einige Jahre vorher eine neue Identität erschaffen, indem er sich das seiner Meinung nach fieser klingende Pseudonym *Hades* zugelegt hatte. Die meisten Leute in der Gang wussten nicht einmal, dass ihr Anführer mit richtigem Namen eigentlich Charon hiess. Sie kannten ihn lediglich als Hades, den brutalen Draufgänger, mit dem nicht gut Kirschen essen war, wenn man ihm nicht aufs Wort gehorchte. Selbstverständlich hatte sich Charon, wie es sich für eine im negativen Sinne prominente Führungsperson gehört, seinen Künstlernamen sorgfältig ausgewählt. In den Legenden der antiken Welt war Hades nämlich der berüchtigte Herrscher der Unterwelt, der sogenannte Totengott. Somit passte dieser Name perfekt zu Charon, der sich fortan nur noch mit seinem eigenhändig von ihm kreierten Alter Ego gleichsetzte. Während er sich mit den Jahren immer stärker mit seiner selbst erfundenen Rolle als *Herrscher der Unterwelt* identifizierte, nahmen analog dazu auch gewisse schizophrene Tendenzen zu, die sich schleichend in sein Unterbewusstsein frassen und seinen gesunden Menschenverstand allmählich vergifteten.

„Hades, der Möchtegern-Herrscher der Mini-Unterwelt für frustrierte Kinder", hatte ihn einst ein Junge der verfeindeten Gang öffentlich verspottet. Diese Bemerkung machte er exakt zwei Sekunden, bevor sein Kieferknochen verdächtig knackte und er – nur einen Augenblick später – blutend einen ausgeschlagenen Zahn ausspuckte. Charon alias Hades hatte den Maulhelden kurzerhand mit einem gezielten Faustschlag mitten ins Gesicht niedergestreckt. Seit diesem Tag hatte sich nie wieder jemand getraut, sich mit ihm anzulegen, geschweige denn seinen komischen kleinen Bruder anzufassen. Dieser Vorfall hatte damals auch seinen zweifelhaften Ruf als brutaler Gangsterboss begründet. Dadurch rutschte Hades mehr oder weniger zufällig in die Rolle des Anführers. Eine Position, die ihm niemand streitig machen wollte – und schon gar nicht konnte.

Die Legende war geboren, die Gussform für das zukünftige Leben erstellt.

Auf der Polizeiwache

(Teil 1)

„Keine Sorge, das Vögelchen wird schon zwitschern, wenn wir ein bisschen nachhelfen", raunte der für diesen Fall zuständige Kommissar den beiden blutjungen Beamten augenzwinkernd zu. Sie hatten Anubis in einen abgedunkelten Raum auf der Polizeiwache verfrachtet, wo sie ihn bereits seit einer geschlagenen halben Stunde ins Kreuzverhör nahmen.

„Wie heissen die führenden Mitglieder dieser Räuberbanden? Wo wohnen sie? Wo ist ihr geheimer Unterschlupf? Wer hat den bewaffneten Raubüberfall letzte Woche verübt?"

Die Polizisten löcherten Anubis mit unzähligen Fragen, auf die er jedoch keine Antwort wusste. Ausser auf diejenigen natürlich, die seinen Bruder betrafen. Aber auch bei denen zuckte er bloss schweigend die Schultern, denn er wollte seine sonst schon sorgenbeladene Mutter nicht noch zusätzlich belasten.

Da diesem seltsamen, geistesabwesend wirkenden Jungen offenbar keine Informationen zu entlocken waren, musste der Oberindianer wohl oder übel andere Massnahmen ergreifen, um *das Vögelchen zum Zwitschern zu bringen*, wie man im Polizeijargon zu sagen pflegte.

„Sag mal, hast du zufällig irgendwelche hübschen Hobbies?", fragte er in verdächtig süsslichem Tonfall.

„Spielst du ein Instrument? Treibst du Sport? Oder kochst du gerne?"

„Naja", erwiderte Anubis zögernd, „ich kann ein bisschen Klavier spielen, sowie ..."

„In Ordnung, das reicht", unterbrach ihn der Kommissar schroff. Darauf wandte er sich an seine Amtskollegen. „Holt einen Hammer und dann brecht diesem verlogenen Mistkerl jeden Finger einzeln. Ich will es knacken hören." Lächelnd, offenbar zufrieden mit seiner äusserst einfallsreichen Idee, redete er erneut auf den vor Schreck wie gelähmten Burschen ein.

„Hast du die Spielregeln kapiert, Freundchen? Wir stellen dir jetzt exakt zehn knackige Fragen. Und für jede, die du nicht – oder falsch – beantwortest, brechen wir dir einen Finger. Also überlege dir gut, was du sagst, oder du wirst es schwer bereuen."

„Aber ... ich... weiss doch gar nichts", stotterte Anubis, den Tränen nahe. Doch der Polizeichef ging gar nicht erst auf das weinerliche Gejammer ein. Nach über fünfundzwanzig Dienstjahren berührte ihn das ständige Gejaule seiner *Kundschaft* längst nicht mehr. Ein alter Fuchs wie er kannte alle Tricks, die dieses widerwärtige Gesindel, zu dem auch dieser scheinheilige Typ hier gehörte, auf Lager hatte. Er wollte nur eins: den Fall so schnell wie möglich abschliessen; der ganze Rest interessierte ihn nicht die Bohne.

Kurz darauf kam einer der Polizisten in den halbdunklen Raum zurück, bewaffnet mit einem normalen Hammer, wie er in jedem Werkzeugkasten zu finden ist. Ohne weitere Vorwarnung packte der andere grob beide Hände des zu Unrecht beschuldigten Anubis und presste sie mit voller Kraft auf die graue Tischplatte.

„Wenn du in diesem Leben jemals wieder Klavier spielen willst, dann antwortest du jetzt besser ausführlich und vor allem ehrlich", sprach der Boss mit emotionslosem Gesichtsausdruck, „ansonsten – knick, knack. Wenn du weisst, was ich meine. Zuerst den kleinen Finger, und so weiter. Haben wir uns verstanden?"

Dann blickte der Kommissar zufällig kurz auf seine Armbanduhr und stellte verblüfft fest, wie schnell die Zeit während der Befragung verstrichen war. Denn normalerweise war jetzt Feierabend.

„Hm, sollen wir den Fall vielleicht doch lieber auf Morgen verschieben?", dachte er laut nach. Ihm war nämlich gerade eingefallen, dass sie an diesem Abend Besuch erwarteten und seine Frau bestimmt etwas extra Leckeres gekocht hatte. Nur schon beim blossen Gedanken daran lief ihm das Wasser im Mund zusammen.

„Nein", sagte er sich innerlich, „ich werde nicht zu spät kommen, bloss wegen irgend eines dahergelaufenen Strassenköters wie diesem hier." Während ihm all diese Gedanken in Sekundenschnelle durch den Kopf schossen, schaute der ältere Mann dem Jungen direkt in die Augen. Normalerweise rasteten die Angeklagten unter Androhung von Folter komplett aus und man musste sie regelrecht am Stuhl festbinden. Und dann legten sie in der Regel von allein ein Geständnis ab oder gaben alle gewünschten Informationen preis. Ausserdem hatten sie auf dieser Polizeistation in Wirklichkeit noch nie jemanden misshandelt, das war natürlich lediglich ein kleiner psychologischer Standardtrick.

Aber dieser junge Mann hier schien aus einem anderen Holz geschnitzt zu sein. Nicht ein einziges Mal hatte er aufgemuckt oder sich sonst irgendwie unangemessen verhalten. Und obwohl er offensichtlich ein wenig schüchtern war, war er deswegen noch lange nicht eingeschüchtert. Im Gegenteil, er sass einfach nur in friedfertiger Stille da und liess alles über sich ergehen, als ginge ihn das gar nichts an. Wenn er sprach, wählte er seine Worte mit bedächtiger, stets respektvoller Klugheit. Und auch sonst strahlte er eine Art kindliche Unschuld, ja beinahe eine engelhafte Reinheit aus. Konnte ein Mensch mit einer derart sanftmütigen Ausstrahlung tatsächlich ein hinterhältiger Gauner sein? Und wenn es sich dazu noch um einen schmächtigen Kerl mit treuem Hundeblick handelte?

Noch immer starrte der Polizeichef den Jungen fasziniert an, wie er bescheiden und doch voller Würde reglos auf dem Stuhl vor ihm sass.

„Verdammt, reiss dich gefälligst zusammen", befahl sich der ansonsten abgebrühte Mann innerlich, „oder hast du etwa schon die erste Stufe von Altersmilde erreicht?"

„Was ist nun, Chef?", riss ihn einer der jungen Polizisten aus seinen Gedanken. „Sollen wir?"

„Nein, wartet", erwiderte der Vorgesetzte mit nachdenklicher Miene. „Ich schlage vor, dass wir alle nach Hause gehen und uns morgen früh Punkt acht Uhr wieder hier treffen."

„Aber ..."

„Lasst den Jungen laufen, er wird Morgen pünktlich zur Stelle sein, stimmt's?"

„Selbstverständlich, Herr Kommissar, das werde ich", antwortete Anubis leise, aber bestimmt. Darauf verliessen die beiden Polizeibeamten mit ratlosem Blick den Raum. Denn sie konnten sich nicht erklären, was plötzlich in ihren ansonsten als streng bekannten Vorgesetzten gefahren war.

Der Geheimbund

Als sich Anubis anschliessend auf den Heimweg machte, dachte er intensiv über diesen doch ziemlich eigenartigen Vorfall nach. Angestrengt versuchte er, das Geschehen so gut wie möglich zu analysieren, während er zielstrebig durch die dunklen Gassen marschierte. Als er eben um eine Strassenecke unweit seines Wohnblocks biegen wollte, packte ihn von hinten eine Hand an der Schulter und drückte ihn unsanft gegen die kalte Hausmauer. Anubis wollte aufschreien, doch vor lauter Schreck kam ihm kein Laut über die Lippen.

„Psst, keine Angst, ich tu dir nichts", sprach der schwarz gekleidete, verhüllte Mann vor ihm, „das heisst, es kommt ganz darauf an, was du der Polizei verraten hast."

„Verraten?", keuchte Anubis nervös. „Was soll ich denn verraten? Ich weiss doch gar nichts."

„Sehr gut", brummte das schwarze Phantom zufrieden, „dann bin ich ja beruhigt."

„Wer ... wer sind sie überhaupt?", wollte Anubis wissen.

In diesem Moment trat sein älterer Bruder Charon aus dem nebenan liegenden Hauseingang hervor, wo er sich offenbar versteckt hatte.

„Das ist Mister X", erklärte er nicht ohne Stolz, „mein persönlicher Mentor sowie der geheime Drahtzieher diverser illegaler Aktionen. Und nebenbei einer der reichsten Männer der Stadt – wenn nicht der reichste."

Inzwischen hatte sich Anubis wieder etwas gefasst.

„Na schön, von mir aus", entgegnete er achselzuckend, „und was wollt ihr von mir? Etwa, dass ich eurer kriminellen Bande beitrete?"

„Selbstverständlich wärst du bei uns jederzeit willkommen", mischte sich Mister X ein, „denn wie ich gehört habe, sollst du trotz deiner eigenartigen Macken ein überdurchschnittlich cleverer Bursche sein. Und kluge Köpfe können wir immer gut gebrauchen. Allerdings müsstest du zuerst einen Eid ablegen und mir ewige Treue schwören."

„Ewige Treue schwören?", wiederholte Anubis verstört lachend, „wollt ihr mich etwa auf den Arm nehmen, oder was? Hör zu, Charon, ich …"

„Nenn mich ab jetzt bitte nicht mehr Charon, sondern nur noch Hades", unterbrach ihn der ältere Bruder, „ausser zu Hause natürlich. Klar?"

„Klar."

„Gut, dann kommen wir nun zum geschäftlichen Teil", lächelte Hades zufrieden. Dann übergab er das Wort mit einer Ehrfurcht gebietenden Geste dem geheimnisvoll wirkenden, mysteriösen Mann neben ihm.

Mister X lächelte ebenfalls zuckersüss, während er mit seiner Hand, diesmal freundschaftlich, Anubis' Schulter berührte. Dabei nestelte er mit dem Daumen und dem Zeigefinger unauffällig irgendetwas an seinem Jackenkragen herum.

„Komm, setzen wir uns doch ins Auto", sagte er mit einem ablenkenden Hüsteln, „dort können wir ungestört ein bisschen plaudern."

Mit Hilfe seiner ausgeklügelten Verführungstechnik war es Mister X bisher noch jedes Mal gelungen, den

Köder so geschickt auszuwerfen, dass die jungen Menschen jeweils bereitwillig anbissen. Dabei ging es nicht nur darum, seine eigenen mörderischen Machtgefühle zu befriedigen. Oh nein, dieser Mann war Teil einer grösseren Organisation. Dabei handelte es sich um eine Art dunkler Geheimbund, der nach dem Vorbild der weltumspannenden *Bilderberger-Gruppe* aufgebaut war. Und wenn man erst einmal in die Fänge dieser üblen Truppe geraten war, gab es kein Zurück mehr. Abtrünnige wurden gnadenlos mit dem Tod bestraft, will heissen: Sie kamen meist durch einen *tragischen Unfall* ums Leben.

Doch im Gegensatz zu seinem verblendeten Bruder, der sich hoffnungslos in den dramatischen Irrgängen dieses düsteren Labyrinths verfangen hatte, betrachtete der aussergewöhnlich kluge Anubis das Leben stets von einem höheren Standpunkt aus.

„Wie du sicherlich weisst, mein junger Freund", begann Mister X mit säuselnder Stimme, „ist die Welt nichts weiter als ein riesiges Geschäft, das in Wahrheit von einigen wenigen Banken und Grosskonzernen regiert wird. Die verantwortlichen Hintermänner, die heimlich die Fäden ziehen und die Politiker der Regierungen nur als Marionetten für ihr abgekartetes Spiel benutzen, sind in der Tat sozusagen allmächtig auf diesem Planeten ..."

„... und ihr Ziel besteht darin, die Welt komplett auszubeuten sowie die Freiheit der Menschen systematisch abzubauen", beendete Anubis den Satz.

„Oh, wie ich sehe, bist du bestens informiert", erwiderte Mister X beeindruckt. „Aber das ist dann doch ein bisschen zu hart formuliert, findest du nicht? Nennen wir es lieber eine Neudefinition der Machtstrukturen.

Wir möchten die Menschheit bloss aufrütteln, indem wir sie aus ihrer Lethargie reissen. Das kommt schlussendlich allen zugute, verstehst du?"

„Alles, was ich weiss, ist, dass diese Schattenregierung durch hochtechnisierte Propaganda ein neues Zeitalter der Tyrannei einläuten will", sprudelte es aus Anubis heraus, „indem sie ein Kontrollsystem einführt, das die Menschen total überwacht und sie dadurch in eine mehr oder weniger freiwillige Versklavung führt. Freiwillig deshalb, weil nur die Allerwenigsten dieses fein gestrickte Netz aus Lügen und Manipulationen durchschauen. Während das unwissende Volk in einer künstlich herbeigeführten Verdummungsspirale aus leerer, billiger Unterhaltung sowie krank machender, hochverarbeiteter Industrienahrung geistig klein gehalten wird, erschafft die sogenannte Elite still und heimlich eine neue Weltordnung. DAS ist doch die wahre Agenda der *sogenannten Globalisten*, oder etwa nicht? Wölfe im Schafspelz, falsche Propheten, teuflische Verführer gutgläubiger Menschen, das seid ihr. Aber wie es aussieht, scheint es euch gerade hervorragend zu gelingen, die Welt noch ungerechter zu machen, als sie sonst schon ist."

Nach diesem unerwartet feurigen Wortschwall herrschte einige Sekunden lang betretenes Schweigen. Hades fragte sich verwundert, woher sein vermeintlich sonderbarer Bruder dies alles wusste. Und Mister X war schlagartig klargeworden, dass er diesem cleveren Burschen offensichtlich nichts vormachen konnte.

„Nun gut", seufzte Mister X nach einer Weile, während er sich gemächlich eine Zigarre anzündete, „wenn du sowieso schon alles weisst, dann werde ich dich eben direkt und ohne weitere Umschweife fragen: Möchtest du unserem weltweit vernetzten Geheimbund der dunklen Bruderschaft *schwarzer Fels* beitreten? Du wärst dann mein persönlicher Assistent und würdest mich an streng geheime Treffen begleiten, die überall auf der Welt stattfinden. Über Geld bräuchtest du dir zukünftig nie wieder irgendwelche Gedanken zu machen."

Anubis schaute den schwer einzuschätzenden Mann mit durchdringendem Blick an. Von dessen unerwartetem und vor allem äusserst lukrativem Angebot war er nun doch etwas überrumpelt.

„*Schwarzer Fels*, oder besser gesagt *Black Rock*", überlegte er fieberhaft, „wo habe ich diesen Namen bloss schon mal gehört? Heisst nicht auch der weltgrösste Vermögensverwalter so? Die mächtigste Firma dieses Planeten, die praktisch überall ihre Finger im Spiel hat und sich auf Kosten anderer massiv bereichert?"

Auf dem Rücksitz des Wagens sass artig wie ein Schuljunge Hades, der Anführer der gefährlichsten Strassengang der Stadt. Mucksmäuschenstill hatte er zur Kenntnis genommen, welch ungeheuerliches Angebot der Boss höchstpersönlich seinem kleinen Bruder soeben unterbreitet hatte. Falls Anubis diesen Job annehmen würde, dann wäre er in der Hierarchie auf einen Schlag höher angesiedelt als er selbst. Dieser Gedanke behagte ihm ganz und gar nicht.

Ohne es bewusst zu realisieren, knirschte Hades vor Schmach mit den Zähnen und ballte heimlich die Fäuste. Ihm, dem langjährigen Sprachrohr und Führer der Bande, hatte noch nie jemand ein solch enormes Vertrauen entgegengebracht. Aber natürlich konnte er auch nicht ahnen, dass er und seine dämliche Rasselbande bloss Kanonenfutter für die wichtigen Leute in diesem Geschäft waren. Unbedeutende Marionetten, die bloss dazu dienten, die lokale Polizei abzulenken, damit diese den geheimen Drahtziehern nicht in die Quere kam.

Exakt nach diesem Prinzip hatten die cleveren Hintermänner des Geheimbundes an jedem wichtigen Knotenpunkt auf dem Globus Gruppierungen wie eben diese Strassengang ins Leben gerufen. Meist bestanden sie aus frustrierten, jungen Männern, die relativ leicht um den Finger zu wickeln waren. Mit verhältnismässig geringem finanziellem Aufwand wurden diese Halbstarken dann jeweils zu Terroristen, korrupten Beamten oder sonstigen Kriminellen aller Art herangezüchtet. Mit diesem simplen Trick wurden gleich mehrere Fliegen mit einer Klappe geschlagen. Während sich die dummen Jungs an der Front gegenseitig die Köpfe einschlugen und die Behörden sowie die Massenmedien ständig auf Trab hielten, konnten die ausgefuchsten Vorstandsmitglieder im Hintergrund in aller Ruhe die Fäden ziehen und ihr menschenverachtendes, versklavendes Netz spinnen. Und nun war Anubis, der keiner Fliege etwas zuleide tun konnte, plötzlich selber zur Fliege geworden – gefangen im Netz der Lügen irgendeiner obskuren, elitären Geheimgesellschaft.

„Nun?", hakte Mister X schliesslich nach. „Hast du dich entschieden? Oder benötigst du noch etwas Bedenkzeit?"

Anubis schossen tausend Gedanken gleichzeitig durch den Kopf. Doch dann gab er sich innerlich einen Ruck, richtete sich auf dem Beifahrersitz des Wagens kerzengerade auf und sprach mit voller Stimme: „Nur ein gemeiner Hund ist Teil eines geheimen Bunds."

Mister X glotzte ihn leicht irritiert an, während er seine qualmende Zigarre mit der Feinmotorik eines Eisbären auf dem Armaturenbrett ausdrückte.

„Äh, wie bitte? Nur ein gemeiner ..." Mitten im Satz hörte er auf zu sprechen und lachte laut heraus. „Mensch, du bist mir vielleicht ein Spassvogel", prustete er amüsiert, „scheinst mir einer dieser unterbeschäftigten Weltverbesserer zu sein, die mit ihrem pseudo-intellektuellen Gesülze die gesamte Menschheit retten wollen. Aber dafür ist es leider zu spät, denn schon sehr bald müssen sich alle Schafe in dieser Herde unserem System anpassen, ob sie wollen oder nicht. Und wir, die Hirtenhunde, um deine Metapher zu verwenden, werden sie schön kontrollieren – um nicht zu sagen unterwerfen."

„Es ist kein Zeichen geistiger Gesundheit, sich an eine zutiefst gestörte Gesellschaft anzupassen, hat einst ein bedeutender indischer Philosoph gesagt", erwiderte Anubis unbeeindruckt, „oder etwas moderner ausgedrückt: Ich werde bei dieser Massenidiotie bestimmt nicht mitmachen, egal auf welcher Seite. Weder als Hirtenhund noch als Teil der Schafherde. Und nun wünsche ich ihnen noch einen schönen Abend. Hat mich gefreut, mit ihnen zu plaudern, Mister X."

Dann stieg Anubis aus dem Wagen, doch bevor er die Autotür zuschlug, drehte er sich noch einmal kurz um und fügte trocken hinzu: „Ach ja, Folgendes sollten sie vielleicht noch bedenken, falls sie es nicht schon wissen: Durch ihre Taten erzeugen sie um sich herum Felder der Dunkelheit, die an irgendeinem Punkt in diesem oder in einem späteren Leben wieder von Ihnen aufgelöst werden müssen. Jeder Mensch muss die Konsequenzen für seine Handlungen ganz alleine tragen, die eines Tages in irgendeiner Form wieder auf ihn zurückfallen werden - und zwar mit doppelter Wucht."

Dann ging er davon, ohne sich auch nur ein einziges Mal umzublicken.

„Denen werde ich das Handwerk schon legen", dachte Anubis entschlossen, während er sich hoch erhobenen Hauptes auf den Heimweg machte. Mister X schaute dem jungen Mann mit einer Mischung aus Verachtung und Bewunderung hinterher.

„Wenn das nicht zufällig dein Bruder wäre, dann würde er jetzt bereits tot auf dem Asphalt liegen", schnaubte er zerknirscht, „also behalte ihn besser im Auge, Hades, mein treuster aller Krieger."

Erleichtert und gleichzeitig besorgt schlenderte Anubis schliesslich nach Hause. Erleichtert deshalb, weil es ihm Gott sei Dank mehr oder weniger elegant gelungen war, sich selber aus den Fängen dieses gewieften Seelenfängers Mister X zu befreien, bevor dieser ihn überhaupt hatte einwickeln könne. Besorgt, weil es für seinen naiven Bruder Hades offensichtlich kein Zurück mehr gab aus dieser üblen Sekte.

„Tja, was kann ich schon dagegen tun? Absolut nichts", sagte er laut zu sich selber. Genau in diesem Augenblick kam ihm auf dem Gehsteig zufällig eine Passantin entgegen. Verächtlich schüttelte sie den Kopf, als wollte sie sagen: „Die Welt besteht nur noch aus gestörten Menschen." Anubis fiel es nicht sonderlich schwer, die Gedanken dieser unbekannten Frau zu erraten.

„Im Prinzip hat sie vollkommen recht", schweiften seine eigenen Gedanken wieder einmal ab, „die Menschen in den Grossstädten leben auf engstem Raum zusammengepfercht in riesigen Wohnblöcken, jewails nur durch ein paar Zentimeter Beton voneinander getrennt. Alle sind im Computer sozial bestens miteinander vernetzt, und trotzdem waren wir als Individuen noch nie so einsam und isoliert wie in der heutigen Zeit. Eine moderne Stadt bietet zugleich die grössten Verlockungen sowie die tiefsten Abgründe. Was für ein Paradox, da muss man früher oder später ja tatsächlich gestört werden."

„Anubis, warte", riss ihn eine vertraute Stimme aus seiner Gedankenwelt, „ich komme ja schon."

Als er sich umdrehte, erkannte er einige Meter weiter hinten die unverkennbare Silhouette seines muskulösen Bruders.

„Du wolltest mich doch ursprünglich zum Abendessen rufen, oder? Ich hoffe bloss, dass Mutter jetzt nicht böse ist, weil wir uns wiedermal etwas verspätet haben."

Anubis schaute auf die Uhr. Schlagartig wurde ihm bewusst, dass seit seinem Aufbruch von zu Hause mehr als zwei Stunden vergangen waren.

„Ach du Scheisse", stöhnte er, plötzlich von einem schlechten Gewissen geplagt, „Mutter macht sich bestimmt grosse Sorgen – einmal mehr. Und das Essen ist inzwischen sicher auch schon kalt."

„Das ist doch alles halb so wild", beruhigte ihn sein Bruder, „wir sagen ihr einfach, dass es unterwegs noch ein kleines Problemchen mit einigen Mitgliedern der anderen Strassengang gegeben hat. Der Rest bleibt unter uns, klar?"

„Wenn du meinst", brummelte Anubis abwesend.

Als die beiden ungleichen Brüder kurz darauf leise in die Wohnung schlichen, erlebten sie bereits die nächste unangenehme Überraschung. Ihre Mutter sass nämlich schluchzend am gedeckten Küchentisch, den Kopf auf die Hände gestützt. Mit einer Mischung aus Verzweiflung und trauriger Erleichterung nahm sie schliesslich zur Kenntnis, dass ihre beiden Söhne doch noch gesund und munter wieder aus der Versenkung aufgetaucht waren.

„Herrgott nochmal, wo habt ihr denn heute wieder gesteckt?", krächzte sie mit weinerlicher Stimme. „Wieso gibt es in meinem Leben keinen einzigen Tag, an dem ich mir ausnahmsweise mal keine Sorgen machen muss? Wenn ihr doch bloss verstehen würdet, was das für eine Mutter bedeutet."

„Aber Mama, wir verstehen dich sehr wohl", entgegnete Anubis besänftigend und legte ihr den Arm umd die Schultern.

„Alles ist gut. Du brauchst dir wirklich nicht ständig Sorgen zu machen wegen uns. Hades … ich meine, Charon und ich, wir können schon auf uns aufpassen."

„Anubis hat recht", bestätigte Charon, „du solltest dich nicht immer so furchtbar aufregen, das ist nicht gut fürs Herz."

„Ich weiss, meine Lieben", schniefte die Mutter mit gequältem Lächeln, während ihr immer noch Tränen die Wangen hinunterkullerten.

Wie es der Zufall wollte, lief im Küchenradio gerade das Lied *Wish you were here* von Pink Floyd im Hintergrund, das die momentane Situation akustisch perfekt untermalte.

„Alles ist gut, Mama", wiederholte Anubis sanft, „lass uns nun in aller Ruhe essen und alle Sorgen vergessen."

Zu diesem Zeitpunkt konnte natürlich niemand ahnen, dass dies vorläufig das letzte Mal sein sollte, dass die Familie gemeinsam an diesem Tisch dinierte. Dieses letzte Abendmahl verlief jedoch ausgesprochen harmonisch, für ihre Verhältnisse schon fast fröhlich. Das flackernde Kerzenlicht in der Mitte des Tisches tauchte die Szenerie in eine feierliche, andächtige Atmosphäre.

Auf der Polizeiwache

(Teil 2)

Am nächsten Morgen erschien Anubis wie abgemacht pünktlich um acht Uhr auf der Polizeiwache. Anstatt in den abgedunkelten Raum, wurde er diesmal direkt in das helle, grosse Einzelbüro vom Big Boss geführt.

„Ich habe gewusst, dass ich dir vertrauen kann", lächelte der uniformierte Beamte zufrieden, der sich nun offiziell als Harry Grünspecht vorstellte. „Deshalb können wir heute von Mann zu Mann reden – ohne Androhung von Strafe und solchem Kinderkram. Also mein Freund, was weisst du über diese Strassenbanden, die seit Jahren die ganze Stadt terrorisieren? Ich möchte einfach nicht, dass die Bürger hier ständig in Angst und Schrecken leben müssen, das ist alles. Ist ja schliesslich mein Job, für Ruhe und Ordnung zu sorgen."

„Oh ja, da bin ich ganz ihrer Meinung. Lieber Ruhe und Ordnung als Angst und Schrecken, Herr Grünschnabel ..."

„GrünSPECHT", korrigierte ihn der andere.

„Entschuldigung, Herr Grünschn..., GrünSPECHT", fuhr Anubis fort, „ich möchte jedoch an dieser Stelle nochmals betonen, dass ich gestern die Wahrheit gesagt habe. Doch auf dem Heimweg habe ich zufällig noch etwas erfahren ..."

„So? Und das wäre?", fragte der Kommissar neugierig.

„Es gibt da einen äusserst mysteriösen Mann, der

sich Mister X nennt. Vielleicht haben sie ja schon von ihm gehört. Auf jeden Fall handelt es sich bei ihm um den geheimen Geldgeber und den Drahtzieher mindestens einer der beiden Gangs. Aber das ist noch lange nicht alles."

Harry Grünspecht forderte ihm mit einer Geste auf, weiterzufahren.

„Nun ja", meinte Anubis achselzuckend, „abgesehen davon ist er ein führendes Mitglied eines ziemlich einflussreichen Geheimbundes, der weltweit vernetzt ist. Anscheinend hat diese dubiose Organisation auch in dieser Stadt ihre Ableger. Mehr weiss ich wirklich nicht."

„Und wo hast du diese Informationen erhalten, wenn ich fragen darf?"

„Dieser Mister X hat mich gestern Abend auf dem Heimweg abgepasst und wollte mich gleich zu seinem persönlichen Assistenten ernennen. Er hat durch meinen Bruder von mir erfahren."

„Und? Hast du abgelehnt?"

„Natürlich habe ich das."

„Wieviel Geld hat er dir angeboten?"

„Sehr viel, keinen bestimmten Betrag."

„Das ist einerseits wirklich sehr lobenswert von dir", seufzte der Beamte schwermütig, „andererseits steht dein Name jetzt mit Sicherheit auf seiner schwarzen Liste. Erst recht, wenn er erfährt, dass du ihn bei der Polizei verpfiffen hast. Bist du dir dessen bewusst?"

„Ach, wie soll der das jemals rausfinden …?"

„Das kann ich dir leicht sagen, denn ich kenne mittlerweile fast alle schmutzigen Tricks in diesem Business. Hattest du bei der Begegnung mit ihm zufälligerweise dieselben Kleider an wie heute? Falls ja, hat dich dieser

Kerl in irgendeiner Weise berührt?"

Anubis überlegte kurz, dann sagte er nachdenklich: „Meine Jacke, die trug ich gestern Abend ebenfalls. Und ja, dieser schmierige Typ hat mich tatsächlich auffällig oft angefasst. Vor allem im Halsbereich. Umarmung, Schulterklopfen und so weiter. Es kam mir zwar schon ein wenig komisch vor, aber ich war ehrlich gesagt zu überrumpelt, um mir gross Gedanken darüber zu machen."

„Tja, mein Lieber, so läuft das. Profis wie dieser Gauner kreieren absichtlich solche Situationen mit dem Ziel, sie dann eiskalt auszunutzen."

„Ausnutzen? Aber wozu? Bei mir gibt es doch nichts zu holen."

Harry Grünspecht klaubte eine Pinzette aus der obersten Schublade, erhob sich abermals seufzend und ging langsamen Schrittes um seinen Schreibtisch herum.

„Zeig mir doch bitte mal deine Jacke, Anubis. Ich wäre wirklich sehr überrascht, wenn wir hier nichts finden würden. Mit geübtem Blick untersuchte der stämmige Mann die Jacke im Halsbereich. Schon nach wenigen Sekunden zog er mit der Pinzette einen stecknadelgrossen Knopf heraus, der gekonnt unter dem Kragen platziert worden war.

„Siehst du, was habe ich gesagt? Das ist eine klassische Abhörwanze", erklärte er mit zusammengekniffenen Augen. „Das bedeutet, dass unser Freund mit ziemlicher Sicherheit jeden Wortwechsel mitangehört hat, den du seit gestern Abend geführt hast. Jetzt kannst du im Prinzip gleich einpacken, denn mit Verrätern und sonstigen Plaudertaschen wird in diesen Kreisen normalerweise nicht gerade zimperlich umgegangen."

„Oh je", war alles, was Anubis herausbrachte. In diesem Moment dachte er nicht einmal gross an sich selber, sondern eher an seine sonst schon besorgte Mutter und sogar an seinen Bruder, dem er dies alles zu verdanken hatte. Innerhalb weniger Sekunden spuckten unzählige düstere Gedanken und Vorahnungen durch seinen Kopf, die sich mit rasender Geschwindigkeit zu einem unheilvollen Horrorszenario zusammenbrauten. Plötzlich wurde Anubis kreidebleich im Gesicht und sackte völlig kraftlos in sich zusammen. Er war ohnmächtig geworden – das alles war eindeutig zu viel für sein sonst schon zartes Nervenkostüm.

Grünspecht reagierte blitzschnell und legte den Jungen sacht auf den frisch gereinigten Teppichboden. Dann holte er eilig ein Glas Wasser sowie einen feuchten Waschlappen, den er ihm fürsorglich auf die Stirn legte. Anschliessend brachte er Anubis' Jacke mitsamt der Abhörwanze ins Labor, um allfällige weitere Spuren zu sichern.

Zur selben Zeit, nicht weit von der Polizeiwache entfernt, sass Mister X mit finsterer Miene in seinem Wagen und hörte alles mit. Bis zu dem Zeitpunkt, an dem die Verbindung nach dem Entdecken der Abhörwanze plötzlich abbrach.

„Verflucht", knurrte er missmutig vor sich hin und hämmerte mit der Faust auf das Steuerrad, „dieser Bulle ist schlauer, als ich gedacht habe. Und dieser miese kleine Verräter erst ..., na warte, Bürschchen. Dich werde ich mir zu gegebener Zeit schon noch vorknöpfen."

Dann trat er aufs Gaspedal und brauste mit quietschenden Reifen davon. Denn Mister X hatte noch eine wichtige Besprechung in der Stadt. Es ging nämlich darum, einige Leute aus den eigenen Reihen, getarnt als seriöse Politiker, in die Regierung einzuschleusen. Der smarte Anubis wäre eigentlich ebenfalls ein potenzieller Wunschkandidat für einen dieser Posten gewesen. Und nun hatte ihn dieser gutgläubige Schwachkopf bei der Polizei verpfiffen.

Inzwischen war Anubis wieder zu sich gekommen und nippte im Zeitlupentempo an einem mit eiskalter Cola gefüllten Becher.

„Wie es aussieht, bist du aus Versehen ganz schön zwischen die Fronten geraten", fasste Grünspecht die Lage nüchtern zusammen, „mitten ins Visier einer skrupellosen Organisation, die Leute wie dich lediglich als Schachfiguren benutzen, um im Verborgenen ihr eigenes Spiel zu spielen. Du hast zwar sehr viel Mut bewiesen, Anubis, aber dafür lebst du nun in der ständigen Gefahr, Opfer eines Attentats zu werden. Wenn du möchtest, werden wir dir selbstverständlich Polizeischutz gewähren. Zumindest so lange, bis etwas Gras über die Sache gewachsen ist."

„Vielen Dank, Herr Grünspan, äh, Grünspecht, ich weiss ihre Hilfe wirklich zu schätzen", meinte Anubis zurückhaltend, „aber ich mache mir eher Sorgen um meine Mutter als um mich. Sie könnte es nämlich niemals verkraften, wenn mir oder meinem Bruder etwas zustossen würde. Das liegt daran, dass sie damals schon sehr gelitten hat, als mein Vater einfach spurlos verschwunden ist. Eine weitere Tragödie dieser Art würde sie wahrscheinlich nicht überleben. Das Herz, wissen sie ..."

„Du bist wirklich ein sehr selbstloser und aufrichtiger Mensch", lobte ihn der Kommissar väterlich, „deshalb möchte ich mit allen mir zur Verfügung stehenden

Mitteln verhindern, dass du oder deine Familie Zielscheibe eines kaltblütigen Racheakts wirst. Ich verspreche dir, dass ich mir geeignete Massnahmen überlegen werde, um das zu verhindern."

Anubis wollte dem gütigen Mann gerade höflich erklären, dass er keinerlei Bewachung benötigte, als es leise an die Bürotür klopfte.

Nach einem freundlichen *Herein* streckte eine junge Frau den Kopf zögerlich durch den Türspalt. „Entschuldigung, ich wollte mich bloss erkundigen, ob sie noch etwas brauchen?", fragte sie charmant. „Wasser, Cola, Kaffee? Oder vielleicht noch einen zusätzlichen Eisbeutel?"

Anubis fühlte sich inzwischen zwar wieder hundertprozentig fit, aber wenn ihm ausnahmsweise schon mal so eine sympathische, hübsche Dame wie diese hier etwas anbot, sagte er natürlich nicht Nein.

„Eine grosse Tasse Kaffee könnte ich jetzt gut vertragen, wenn es ihnen nichts ausmacht", bat er ebenso galant.

„Für mich auch, bitte", schmunzelte der Kommissar, der die neugierigen Blicke selbstverständlich sofort bemerkt hatte, welche die beiden jungen Leute spontan ausgetauscht hatten. „Oh, das ist übrigens Annette, unsere angehende Undercover-Agentin."

Noch während er diese Worte sprach, kam ihm plötzlich eine glorreiche Idee. Er wollte Annette bei dieser Gelegenheit ihren ersten echten Auftrag erteilen, damit sie die oftmals raue Realität des stressigen Polizeialltags gleich in der Praxis erproben konnte. Jawohl, diese Frau sollte Anubis von nun an auf Schritt und Tritt wie ein Schatten folgen, natürlich inkognito, getarnt als Zivilperson. Jedes noch so unbedeutende Ereignis würde sie ihm zu Übungszwecken sowie zur Schärfung ihrer eigenen Beobachtungsgabe fein säuberlich rapportieren müssen. Und wer weiss, vielleicht würde es ihr ja tatsächlich gelingen, so ganz nebenbei mehr über diesen Mister X und seine zwielichtige Verschwörungsbande herauszufinden.

Am liebsten hätte sich Harry Grünspecht ob dieses genialen Einfalls selber auf die Schulter geklopft, aber er liess sich vorerst noch nichts anmerken. Wenn er zu diesem Zeitpunkt allerdings gewusst hätte, welch schlafende Höllenhunde er damit aus ihrem dämonischen Schlummer wecken würde, dann hätte er diesen Einfall vermutlich doch nicht ganz so toll gefunden. In diesem Moment kam die zauberhafte Annette mit zwei riesigen Tassen dampfend heissem Kaffee ins Büro zurück. Nachdem die drei noch ein wenig ungezwungen und locker miteinander geplaudert hatten, machte sich Anubis schliesslich erneut auf den Heimweg. Es war erst zehn Uhr morgens und der Tag lag noch vor ihm. Während er nichts Böses dachte, braute sich im Verborgenen wieder einmal Unheil zusammen.

Tag der Abrechnung

Mister X war unterdessen alles andere als tatenlos gewesen. Noch während seiner Besprechung hatte er einen teuflischen Plan ausgeheckt und sogleich alle Hebel in Bewegung gesetzt. Und zwar hatte er zwei Spitzel der gegnerischen Bande damit beauftragt, in die Wohnung einzubrechen, in der Anubis lebte, und diese komplett zu verwüsten. Hades, den älteren Bruder, hatte der schlaue Mister X währenddessen unter einem Vorwand in einen anderen Stadtteil gesandt, damit er ihm nicht versehentlich in die Quere kam. Hades wusste natürlich ebenso wenig wie alle anderen, dass Mister X, sein scheinbar so fürsorglicher Mentor, in Wirklichkeit beide Strassengangs gleichzeitig kontrollierte und dirigierte.

Ja, manchmal fühlte er sich in der Tat wie ein Dirigent, der die einzelnen Mitglieder in seinem persönlichen kleinen Kriegsorchester nach Lust und Laune gegeneinander aufhetzen konnte. Und keiner von diesen naiven Dummköpfen hatte bisher je Verdacht geschöpft, dass ER hinter all diesen Intrigen und künstlich angezettelten Streitereien steckte. Dabei handelte es sich buchstäblich um eine Art Kleinkrieg, bei dem es hauptsächlich um die üblichen Machtkämpfe im Drogengeschäft ging, um Prostitution, Menschenhandel und andere krumme Dinge.

Mit seinem neusten Coup konnte Mister X einmal mehr gleich zwei Fliegen mit einer Klappe schlagen. Einerseits diente die *Operation: Wohnungsverwüstung* dazu, seine ganz persönlichen Rachegelüste zu stillen.

Es sollte eine unmissverständliche Warnung für Anubis sein, sich von jetzt an aus diesem Geschäft rauszuhalten. Andererseits kam ihm diese Gelegenheit eigentlich gerade recht, um den Hass unter den beiden Gangs erneut zu schüren. Denn durch dieses geschickt eingefädelte Ablenkungsmanöver konnte er sich ungestört auf die wirklich wichtigen Dinge konzentrieren. Und oberste Priorität hatte momentan die Besetzung der obersten Staatsämter mit den eigenen Leuten. Denn bekanntlich ging es den Reichen und Mächtigen schon seit jeher darum, ihren eigenen Status halten zu können. Und genau dafür hatten die führenden Köpfe des Geheimbundes jahrelange Vorbereitungen getroffen, selbstverständlich in mehreren Ländern gleichzeitig.

Ihr Ziel bestand darin, die Rechte der Bevölkerung schleichend immer mehr zu beschneiden, bis sich eines Tages die ganze Welt fest im eisernen Würgegriff der wahren Machthaber befinden würde. Zu diesem Plan gehörte unter anderem auch die Schaffung einer einzigen, elektronischen Geldwährung, die von den eingeweihten Bankern heimlich nach Belieben gesteuert werden konnte. Und der nächste Schritt bestand darin, das Bargeld komplett abzuschaffen und dadurch einen weltweiten Zusammenbruch des Finanzsystems herbeizuführen. Immerhin hatten diese selbsternannten Illuminaten doch schon einiges erreicht. Denn die grosse Masse der Bevölkerung, das einfache Fussvolk sozusagen, hatte nämlich keinen blassen Schimmer von all diesen übergeordneten Zusammenhängen.

Im Gegenteil, viele von ihnen begrüssten sogar freudig jedes neue Gesetz, das ihnen unter dem Vorwand der *allgemeinen Sicherheit*, der *Bekämpfung des Terrors* oder was auch immer angepriesen wurde. Obwohl in Wahrheit natürlich genau solche Leute wie diese grauen Eminenzen für die meisten Kriege, Terroranschläge und für sonstige unschöne, am Reissbrett konzipierte Szenarien verantwortlich waren. Schöne neue Welt!

Anubis jedoch wusste nichts von alldem. Das heisst, er kannte sich auf diesem Gebiet zwar hervorragend aus, hatte an diesem friedlichen Morgen aber keine Ahnung, dass er bereits mittendrin steckte. Auf dem Weg von der Polizeistation nach Hause erledigte er noch rasch einige Besorgungen, die ihm seine Mutter aufgetragen hatte. Sie beauftragte in solchen Angelegenheiten immer Anubis, denn ihrem älteren Sohnemann konnte sie leider Gottes nichts anvertrauen, was auch nur im Entferntesten mit Geld zu tun hatte. Kurz vor Mittag erreichte Anubis mit knurrendem Magen die Wohnung. Doch jegliche Gedanken ans Essen verflüchtigten sich relativ schnell, als er die aufgebrochene Wohnungstür erblickte.

Mit klopfendem Herzen schlich er auf leisen Sohlen hinein und spähte vorsichtig um die Ecke. Im Wohnzimmer sass eine Frau gefesselt auf einem Stuhl. Den Mund hatte man ihr mit irgendetwas zugeklebt, damit sie nicht um Hilfe rufen konnte. Bei diesem erschreckenden Anblick schaltete sich Anubis' rationaler Verstand automatisch aus und er handelte nur noch rein instinktiv. Trotzdem registrierte er noch, dass es sich bei dieser Frau nicht um seine Mutter, sondern um die Nachbarin handelte. Diese war nicht nur eine äusserst liebenswürdige Frau, sondern auch die Mutter seines besten Freundes. Vermutlich war sie dummerweise gerade zur falschen Zeit am falschen Ort gewesen, so dass die Einbrecher spontan beschlossen hatten, sie als Geisel zu nehmen.

Aber über die genauen Motive dieser abscheulichen Tat konnte sich Anubis jetzt keine Gedanken machen, denn die brenzlige Situation erforderte seine vollste Aufmerksamkeit.

„Befinden sich die Eindringlinge noch in der Wohnung? Falls ja, sind sie bewaffnet? Soll ich die Polizei rufen? Oder zuerst selber nachschauen und die Frau befreien?" Solche Gedanken rasten Anubis durch den Kopf, während er immer noch stocksteif wie eine Schaufensterpuppe an der Wand im Eingangsbereich förmlich klebte und fieberhaft überlegte, was er tun sollte. Im selben Moment traf ihn ein harter Faustschlag mitten ins Gesicht. Einer der Einbrecher hatte Anubis' Silhouette zufällig im Spiegelschrank gesehen, der ihm gegenüber im Flur stand.

„Aaah", stöhnte Anubis, als er zusammensackte und auf dem Fussboden kauernd in leicht benebeltem Zustand verharrte. Doch während er mit dem Ärmel seiner Jacke versuchte, das Nasenbluten zu stoppen, löste sich innerlich eine Art Sicherheitsschranke, und gleichzeitig wurde in ihm ein unerklärlicher, animalischer Urinstinkt geweckt. Sein Körper hatte automatisch auf das Programm *Überlebensmodus* geschaltet.

Anubis' Gedanken waren mit einem Mal kristallklar und sein Verstand war wach wie noch nie zuvor. Der gewaltige Adrenalinschub, der ihn in dieser Notsituation durchströmte, verlieh ihm grenzenlosen Mut und schier übermenschliche Kräfte.

Mit der Coolness eines abgebrühten Cowboys, wie man ihn aus den alten Westernfilmen kennt, rappelte er sich schliesslich auf, als wäre nichts gewesen. Vor ihm standen zwei mit schwarzen Tarnkappen vermummte, böse dreinblickende Gestalten. Der eine hatte ein grosses Buschmesser in der Hand, der andere fuchtelte nervös mit einem Baseballschlager in der Gegend herum, mit dem er bereits die halbe Wohnungseinrichtung demoliert hatte.

„Wo hast du denn diesen niedlichen Zahnstocher geklaut, du lächerliche Witzfigur?", verhöhnte Anubis den Zweitgenannten angriffslustig. „Hast du den etwa im Gebiss deiner Grossmutter gefunden? Oder in einer Kinderüberraschung ge..."

Ehe er den Satz zu Ende sprechen konnte, schlug der Angesprochene in blinder Wut zu, ohne jegliche Vorwarnung. Doch Anubis reagierte blitzschnell. Flink wie ein Wiesel duckte er sich, so dass der andere lediglich den Bilderrahmen zertrümmerte, der genau hinter ihm auf Augenhöhe platziert war, exakt hinter der Stelle, wo sich eine Sekunde zuvor noch sein Kopf befunden hatte. Hätte ihn dieser Schlag getroffen, wäre er auf der Stelle mausetot gewesen. Noch während sich Anubis duckte, packte er den Arm des Angreifers und schleuderte den fetten Bastard mit einem gezielten Wurf zu Boden. Dieser schlug mit dem Kopf im freien Fall so heftig an die Wohnungstür an, dass er benommen liegen blieb. Noch bevor der zweite Einbrecher überhaupt reagieren konnte, hatte Anubis diesem bereits einen saftigen Fusstritt in die Magengrube versetzt, so dass ihm – während er stöhnte vor Schmerz – das Messer aus der Hand fiel. Sozusagen als Nachtisch verpasste ihm Anubis noch eine herzhafte Kopfnuss, worauf der Einbrecher direkt neben seinem am Boden liegenden Kumpel zusammensackte.

Anubis konnte sich selber nicht erklären, was plötzlich in ihn gefahren war. Denn eigentlich hatte er weder eine Ahnung von Kampfsport noch war er normalerweise sonst in irgendeiner Art gewalttätig. Aber das alles spielte momentan überhaupt keine Rolle. Noch immer unter diesem offenbar unbesiegbar machenden Adrenalinschub stehend, sammelte er rasch alle verfügbaren Kabel und Schnüre ein, die in der Wohnung herumlagen.

Schliesslich gelang es ihm in rekordverdächtigem Tempo, die beiden skrupellosen Eindringlinge mit Klebeband, Vorhangschnüren sowie dem Kabel des im Schrank verstauten Staubsaugers so aneinander zu fesseln, dass sie sich nicht mehr rühren konnten. Danach befreite er endlich die Nachbarin aus ihrer misslichen Lage, die alles mit weit aufgerissenen Augen beobachtet hatte.

Aber da gab es noch eine weitere Person, die das filmreife Spektakel heimlich mitverfolgt hatte. Und zwar niemand geringerer als Annette, die bezaubernde Praktikantin von Harry Grünspecht. Dieser hatte sie nämlich angewiesen, sich an diesem ersten Tag einfach mal ganz ungezwungen an Anubis' Fersen zu heften, eigentlich bloss zu Übungszwecken.

Natürlich hatte niemand wirklich damit gerechnet, dass sich diese vermeintliche Aufwärmübung gleich zu einem derartigen Ernstfall entwickeln würde. Jedenfalls hatte Annette unverzüglich die Polizei alarmiert, die nun, keine zehn Minuten später, bereits am Tatort eintraf.

„Donnerwetter, was ist denn hier los?", polterte Grünspecht aufgewühlt, als er die verwüstete Wohnung sowie die beiden gefesselten, schwarz verhüllten Gestalten auf dem Fussboden erblickte.

„Herr Grünschnabel?", entgegnete Anubis verwundert, „aber wie ist das möglich? Sind sie etwa ein Hellseher?"

„Grünspan, äh, verdammt, GrünSPECHT", korrigierte der Inspektor, „die Polizei hat ihre Augen überall. Abgesehen davon bin ich eher ein Schwarzseher als ein Hellseher. Zumindest jetzt gerade sehe ich nur ein schwarzes Bündel Sondermüll vor mir."

Dann wandte er sich den beiden vermummten Verbrechern zu, die in Form eines undefinierbaren, schwarzen Knäuels vor seinen Füssen lagen.

„Und ihr kommt jetzt schön brav mit und erzählt uns alles der Reihe nach. Ich will alles wissen, ist das klar?"

Die zwei glotzten ihn mit ausdruckslosem Blick an. In ihren dummen, kalten Glubschaugen war nicht eine einzige Gefühlsregung zu erkennen, ausser vielleicht so etwas wie uneinsichtige Arroganz.

„Legt dieses Ungeziefer in Handschellen und führt sie ab", befahl der Polizeichef angewidert. So sehr er seinen Job liebte, so heftig verabscheute er solchen Abschaum wie diese versifften Kreaturen hier aus tiefstem Herzen.

In diesem Moment kam Anubis' Mutter nach Hause. Als sie das ganze Chaos mit den Polizisten und den unheimlich getarnten Einbrechern sowie die völlig demolierte Wohnungseinrichtung erblickte, spürte sie vor Aufregung einen heftigen Stich in ihrem sonst schon angeschlagenen Herz. Nach Luft ringend taumelte sie durch den Eingangsflur und stolperte direkt in die starken Arme von Harry Grünspecht.

„Keine Sorge, gnädige Frau. Es ist alles halb so schlimm, wie es aussieht. Beruhigen sie sich. Atmen sie tief durch."

Zum Glück befand sich im ausgerückten Team auch

ein Sanitäter, der sich sofort um die arme Frau kümmerte. Die Nachbarin, die immer noch unter Schock stand, musste ebenfalls professionell betreut werden. Anubis schien der Einzige zu sein, der das alles irgendwie locker nahm. Seltsamerweise fühlte er sich sogar ziemlich euphorisch, da er soeben zwei bewaffnete Verbrecher mit eigenen Händen zur Strecke gebracht hatte.

„Gratuliere, das war eine grossartige Leistung", lächelte ihm Annette bewundernd zu, „ich habe vom Treppenhaus aus alles mitverfolgt."

„Äh, danke", stammelte Anubis bescheiden wie immer, „man tut, was man kann."

Die beiden schauten sich einen Augenblick lang tief in die Augen, dann lächelten sie verlegen.

„Wie ich sehe, seid ihr bereits ein hervorragend eingespieltes Team", mischte sich Grünspecht räuspernd ein, „wenn das in diesem Tempo weitergeht, dann gibt es in dieser Stadt bald keine Verbrecher mehr und ich bin arbeitslos."

„Keine Angst, Herr Kommissar, wir lassen ihnen schon noch was übrig", schmunzelte Anubis schelmisch, „aber jetzt brauche ich dringend eine Stärkung, sonst kippe ich noch um."

„In Ordnung, wir sehen uns später", antwortete Grünspecht, „ruh dich erst einmal aus. Anschliessend gibt es nämlich noch eine Menge Papierkram zu erledigen. Vor allem wegen der Sachbeschädigung in der Wohnung. Aber das kann auch noch bis am Nachmittag warten."

Die magischen Lottozahlen

Als die Polizisten die Spurensicherung abgeschlossen und den Tatort verlassen hatten, herrschte nach wie vor eine ziemlich beklemmende Atmosphäre in der Wohnung. Die aufgewühlte Nachbarin sowie Anubis' nicht minder schockierte Mutter trösteten sich gegenseitig, indem sie sich umarmten und sich Mut zusprachen. Anubis selber spürte deutlich, wie sich in diesem einschneidenden Moment etwas Drastisches in ihm veränderte. Etwa so, als hätte jemand von einer Sekunde auf die andere einen verborgenen Schalter tief in seiner Seele umgelegt und auf *aktiv* geschaltet. Was dies genau zu bedeuten hatte, würde er schon bald erfahren. Noch konnte er zum Glück nicht ahnen, dass dieses Erlebnis erst der Auftakt einer Serie äusserst ungewöhnlicher Ereignisse darstellen sollte, und zwar solche physischer sowie auch metaphysischer Art.

In diesem Augenblick vernahmen die drei vom Treppenhaus her plötzlich laute, undefinierbare Geräusche, nämlich ein Getrampel und ein kindliches Gekrächze. Dieses Gerumpel holte sie aus ihrer angsterfüllten Trauerstimmung unverzüglich wieder in die raue Gegenwart zurück. Als man kurz darauf ein unverkennbares Brüllen hörte, das sich so ähnlich wie der Brunftschrei eines Waldtieres anhörte, wussten jedoch gleich alle, wer da im Treppenhaus rumorte. Der Lärm stammte nämlich vom Mann der Nachbarin und von deren geistig behindertem Sohn Luca. Die Nachbarn hatten zwei Söhne, die ganz normal aufwuchsen. Wenigstens bis zu dem Zeitpunkt, als an der Schule das obligatorische Impfen für alle Kinder eingeführt wurde. Die gutgläubigen Eltern hatten natürlich wie die meisten anderen Leute keine Ahnung, welch dubiosem System sie ihre Kinder da im wahrsten Sinne des Wortes ausliefern würden. Hätte man sie vorher darüber informiert, dass diese sogenannten Impfstoffe hirnschädigendes Aluminium, hochgiftiges Quecksilber sowie andere schwere Nervengifte enthielten, dann hätten sie sich diesem von den Behörden auferlegten Zwang natürlich einstimmig widersetzt.

Aber nun war es leider schon zu spät. Kurze Zeit nach der Impfung war der neunjährige, bisher kerngesunde Luca scheinbar aus heiterem Himmel plötzlich krank geworden. Und er würde es aller Voraussicht nach für den Rest seines Lebens auch bleiben, denn seine Hirnfunktionen waren so stark beeinträchtigt, dass der Schaden irreparabel war. Der Gipfel all dieser Ungerechtigkeiten war jedoch, dass niemand die Verantwortung dafür auf sich nehmen wollte – weder die Schulbehörde noch die Mediziner –, denn Impfungen gehören nicht nur zu den wichtigsten Einnahmequellen sämtlicher Ärzte, sondern vor allem auch der teuflischen Pharmaindustrie.

Und eben jene vielgepriesene Pharmaindustrie, in deren eisernen Würgegriff schon die Kinder, also die zukünftigen Arbeitssklaven, Kunden und Patienten getrieben wurden, wollte diesen missglückten Versuch nun mit aller Macht vertuschen. Schliesslich durfte die breite Öffentlichkeit um keinen Preis erfahren, dass wieder einmal ein medizinisches Experiment an einem der unzähligen menschlichen oder tierischen Versuchskaninchen schiefgelaufen war. Denn das würde sich langfristig nicht so gut auf die milliardenschweren Jahresumsätze all dieser Konzerne auswirken und die führenden Manager könnten sich ihr Leben in Saus und Braus auf Kosten wehrloser Menschen und Tiere abschminken. Doch all diese komplexen Zusammenhänge waren für Lucas Eltern jetzt nicht mehr von Belang. Sie versuchten einfach, aus der daraus entstandenen Situation das Beste zu machen.

„Mama", kreischte Luca erfreut, als er seine Mutter erblickte. Mit tapsigen Bewegungen und glasigem Blick eilte er auf sie zu, wobei er unterwegs unkoordiniert mehrmals gegen die Wand prallte.

„Luca", erwiderte sie liebevoll, als sie ihren Sohn in die Arme schloss. Dabei löste sich auf einmal ihre gesamte innere Anspannung und Tränen der Erleichterung und Dankbarkeit liefen ihr in Strömen über das Gesicht. Ja, sie war trotz all der erlebten Schicksalsschläge immer noch dankbar. Und zwar dafür, dass sie ihr Leben nun viel bewusster lebte und der Zusammenhalt innerhalb der Familie dadurch enorm gewachsen war. Und nicht zuletzt war sie auch dankbar dafür, dass sie überhaupt noch lebte, denn diese feigen, vermummten Verbrecher hätten sie ohne mit der Wimper zu zucken umbringen können. Das hätten sie vielleicht auch getan, wenn in jenem Augenblick Anubis nicht zufälligerweise nach Hause gekommen wäre.

Aber was wusste sie schon vom Leben? War das alles bloss Zufall, Schicksal, Vorherbestimmung, Karma oder was auch immer? Im Gegensatz zu ihrem irgendwie nicht greifbaren Nachbarsjungen Anubis war die gute Frau Nachbarin zu einfach gestrickt und zu bodenständig, um sich über solche Dinge gross Gedanken zu machen. Schliesslich hatte sie sonst schon mehr als genug alltägliche Verpflichtungen, um die sie sich rund um die Uhr kümmern musste. Am wichtigsten fand sie jedoch, dass ein Mensch ein gutes Herz voller Mitgefühl besass – und das war bei dieser jungen Mutter zweifellos der Fall.

Während die Nachbarsfamilie sowie Anubis' Mutter wild durcheinander redeten im verzweifelten Versuch, das Geschehene irgendwie zu verarbeiten, spürte Anubis plötzlich den starken inneren Drang, alleine zu sein. Er wollte in aller Ruhe nachdenken, und dazu benötigte er einen klaren Kopf.

„Ich brauche ein wenig frische Luft", warf er halblaut in die emotional immer noch sehr aufgewühlte Runde. Da jedoch niemand richtig Notiz von ihm nahm, verliess er die Wohnung kurzerhand still und unbemerkt. Das negative Geplapper der Erwachsenen sowie das nervige Gebrüll von Luca konnte er jetzt beim besten Willen nicht ertragen. Als er im Treppenhaus gemächlich die Stufen hinabstieg, kam ihm ein keuchender Mann entgegen, der ihn vor lauter Eile fast umrannte.

Offensichtlich handelte es sich um einen Pizzakurier, denn auf seinem gelben T-Shirt stand in grossen, roten Lettern geschrieben: *Pizza-Blitz 77*.

„Entschuldigung", brummelte der Pizzamensch gestresst in den Bart, dann hastete er mit seiner herrlich duftenden Lieferung die restlichen Treppenstufen bis zum Zielort hinauf. Kurz darauf trat Anubis auf den Gehsteig, und zufällig brauste genau in diesem Augenblick ein Taxi mit der Aufschrift *Taxi-Service 77* an ihm vorbei.

„Hmm, schon wieder die Zahl 77?", dachte er erstaunt, „das ist aber ein komischer Zufall."

Während er ziellos die Strasse entlangschlenderte, drückte ihm plötzlich ein vorbeigehender Passant ungefragt eine bunte Werbebroschüre in die Hand. Darauf stand geschrieben: *Neueröffnung: Fitness-Studio 52. Jahresabonnement jetzt zum Einführungspreis.*
Gleich nachdem Anubis diesen superoriginellen Werbespruch gelesen hatte, zerknüllte er den Zettel und schmiss in achtlos in die nächste Mülltonne. Doch genau neben dieser unscheinbaren Mülltonne stand wiederum scheinbar zufällig eine Geschäftsfrau, die gerade in ein ziemlich intensives Telefongespräch verwickelt war.

„Das ist doch nicht zu fassen, Amelie", zischte sie genervt in ihr Mobiltelefon, „das Jahr hat 52 Wochen. Und du hast es nicht fertiggebracht, innerhalb dieser 52 Wochen dein blödes ..."

Anubis hörte gar nicht mehr hin, er hatte den Wink mit dem Zaunpfahl verstanden. Oder besser gesagt: eben nicht verstanden.

„52 Wochen ..., Fitness-Studio 52", grübelte er angestrengt nach, „was hat denn das nun schon wieder zu bedeuten?"

Aber die merkwürdige Sprechstunde mit dem Universum war noch lange nicht beendet. Vor lauter Grübelei hatte Anubis gar nicht bemerkt, dass er versehentlich vom Gehsteig abgekommen war und nun direkt und am Strassenrand einer viel befahrenen Verkehrsachse marschierte.

Die quietschenden Bremsen und das laute Gehupe eines heranbrausenden Buses holten ihn jedoch ruckartig wieder in die Gegenwart zurück.

„Sag mal, hast du sie noch alle, du besoffener Penner?", brüllte ihn der genervte Busfahrer durch das offene Fenster an. „Verpiss dich gefälligst von der Strasse, aber dalli!"

Während Anubis zu Tode erschrocken auf den sicheren Gehsteig zurücksprang, konnte er an der Rollbandanzeige gerade noch entziffern, dass es sich um die Buslinie Nummer 13 handelte. Als wäre dies nicht schon genug gewesen, kam ihm exakt in dieser Sekunde in den Sinn, dass heute Freitag der dreizehnte war. Obwohl Anubis eigentlich alles andere als abergläubisch war, lief ihm ein kalter Schauer über den Rücken. Die Zahlen 77, 52, 13, kombinierte er scharfsinnig, bestehen aus den Quersummen 14, 7 und 4.

Aus diesen sechs Zahlen konnte sich Anubis zwar keinen Reim machen, trotzdem notierte er sie sorgfältig auf ein Stück Papier. Als er wenig später zufällig an einem Kiosk vorbeikam, spürte er plötzlich den unwiderstehlich starken Drang, sich einen Lottoschein zu holen. Zunächst unterdrückte er diesen unerklärlichen Impuls mit aller Willenskraft, da er noch nie im Leben Lotto oder etwas Ähnliches gespielt hatte. Nur schon der Gedanke daran erschien im völlig absurd. Denn die Chance, sechs richtige Zahlen zu tippen, war mathematisch gesehen etwa gleich gross, wie gleichzeitig von einem gefrorenen Regenbogen und einem abstürzenden Ufo erschlagen zu werden.

Dennoch liess ihn dieses irgendwie fremdgesteuerte Gefühl einfach nicht mehr los, so dass er schliesslich beinahe widerwillig zum Kiosk hinüberstapfte und sich wie in Trance einen Lottoschein schnappte. Dann kreuzte Anubis sogleich die sechs Zahlen an, die er kurz zuvor auf seinen Notizzettel gekritzelt hatte.

„Bin ich jetzt komplett übergeschnappt, oder was?",

murmelte er leise vor sich hin, während er den ausgefüllten Lottoschein kopfschüttelnd in die Hosentasche steckte.

Den Rest des Nachmittags verbrachte Anubis damit, sich mit allen möglichen Versicherungsformularen und Polizeirapporten herumzuschlagen, die es aufgrund des Einbruchs auszufüllen gab. Gegen Abend, als endlich wieder einigermassen Ruhe eingekehrt war, setzte er sich erschöpft vor den Fernseher und zappte lustlos herum. Auf einem der unzähligen Kanäle fand zufällig gerade die wöchentliche Ziehung der Lottozahlen statt. Normalerweise interessierte sich Anubis nicht für sowas, aber heute war sowieso alles anders. Gleichgültig klaubte er den zerknüllten Lottoschein vom Nachmittag aus seiner Hosentasche. Er hatte ihn zwar ordnungsgemäss ausgefüllt, aber schlussendlich doch nicht am Kiosk abgegeben. Obwohl es jetzt natürlich eh zu spät war, verfolgte Anubis die Ziehung aus reiner Neugier mit.

Dann geschah das Unfassbarste des Unfassbaren: Innerhalb der nächsten paar Minuten wurden nämlich exakt diejenigen sechs Zahlen gezogen, die Anubis auf seinem offiziell ungültigen Lottoschein nur so zum Spass angekreuzt hatte: 77, 52, 13, 14, 7 und 4. Und zwar genau in derselben Reihenfolge, wie ihm die Zahlen heute sozusagen aus heiterem Himmel einfach so zugeflogen waren.

„Das ... das gibt's doch gar nicht", flüsterte er ungläubig, ja geradezu entsetzt. Hätte er vor ein paar Stunden auf sein Bauchgefühl gehört und den Lottoschein ordentlich eingereicht, dann hätte er jetzt soeben den Jackpot geknackt und wäre um schlappe 26 Millionen Euro reicher. Anubis spürte, wie sich in seinem Hals ein dicker

Kloss bildete, der ihm buchstäblich die Kehle zuschnürte. Fassungslos, wie paralysiert vor Schreck, starrte er abwechslungsweise auf die sechs Zahlen im Fernseher und dann wieder auf diejenigen auf dem achtlos zerknüllten Lottoschein in seiner Hand. Aber auch beim zehnten Vergleich gab es absolut nichts an der Tatsache zu rütteln, dass die Zahlen zu hundert Prozent identisch waren.

„Warum? Warum nur?", dachte Anubis zerknirscht. „Hätte ich doch dieser seltsamen Eingebung Folge geleistet und den Zettel abgegeben, dann wäre ich jetzt Millionär. Ach, es ist zwecklos, darüber nachzudenken. Fakt ist, dass ich Depp heute die Chance meines Lebens verpasst habe, und das muss ich nun akzeptieren, ob ich will oder nicht."

Den Kopf tief in den Händen vergraben, hockte Anubis noch eine Weile lang regungslos auf der Couch vor dem Fernseher. Irgendwann kam seine Mutter, die soeben das lecker duftende Abendessen gekocht hatte, aus der Küche.

„Anubis, was ist denn los?", fragte sie besorgt, als sie ihren Sohn erblickte, der in sich zusammengesackt wie ein Häufchen Elend auf dem Sofa kauerte. „Geht es dir gut?"

„Jaja, alles in Ordnung, Mama", erwiderte er verbittert, „kein Grund zur Sorge. Es ist bloss ... ach, nichts."

Anubis konnte und wollte jetzt nicht über diesen Vorfall mit dem missglückten Lottoversuch reden. Zu tief sass der Schmerz, der sich wie eine schwarze Regenwolke über sein zartes Gemüt geschoben hatte. Niemand sollte je erfahren, was sich an diesem Tag genau abgespielt hatte. Anschliessend ass er zusammen mit seiner

Mutter mehr oder weniger schweigend zu Abend. Von seinem Bruder Charon-Hades fehlte wieder einmal jede Spur.

Nach diesem nervlich sehr anstrengenden Tag ging Anubis früh zu Bett, da er sich ziemlich ausgelaugt fühlte. Kein Wunder, denn in den letzten ungefähr dreissig Stunden hatte er doch so einiges erlebt. Verhör auf dem Polizeirevier, die merkwürdige Begegnung mit dem noch viel merkwürdigeren Mister X, eine Schlägerei mit zwei auf frischer Tat ertappten Einbrechern und nicht zuletzt die verpatzte Chance mit den magisch-tragischen Lottozahlen.

„Was kommt wohl als Nächstes?", zermarterte sich Anubis das Hirn, während er sich unruhig im Bett hin und her wälzte. „Wo soll das alles noch hinführen?" Solche und ähnliche Fragen beschäftigten ihn dermassen, dass sein Unterbewusstsein selbst im Schlaf noch auf Hochtouren arbeitete, was ihm in dieser Nacht einen ziemlich abenteuerlichen Wachtraum, oder besser gesagt eine Astralreise, bescheren sollte.

Die geheimnisvolle Akasha-Chronik

Während Anubis allmählich ins Land der Träume wegdriftete, tauchte im Halbschlaf plötzlich ein Schwarm bunter, in den herrlichsten Farben schimmernder Schmetterlinge vor seinem geistigen Auge auf. Diese zauberhaften Wesen flatterten so einladend um ihn herum, als wollten sie ihm einen geheimen Weg in unbekannte Gefilde weisen. Anubis entspannte sich körperlich und seelisch immer mehr, bis er sich schliesslich bereitwillig von diesen astralen Geschöpfen, den ätherischen Schmetterlingen, führen liess. Dabei kam es ihm paradoxerweise überhaupt nicht so vor, als ob er dies alles gerade träumte. Im Gegenteil, es fühlte sich eher so an, als ob sein normalerweise in der dreidimensionalen Welt gefangenes Bewusstsein auf einen Schlag aus der alltäglichen, erdgebundenen Dumpfheit erwachte und sich wieder an den wahren Ursprung erinnerte.

Auf einmal materialisierte sich in dieser magischen Traumwelt wie aus dem Nichts eine Art Strudel aus unglaublich hochschwingender Energie.

„Vertraue und lass alle Zweifel los", vernahm er eine telepathische Stimme von irgendwoher. „Dieses Portal ist ein planetarer Zugang zu anderen Dimensionen. Es gibt viele solche für menschliche Augen unsichtbare Zugänge in eure Welt, die seit Anbeginn der Zeit in die äussere Erdhülle eingeflochten sind. Durch diese Portale oder Dimensionstore wird euer wundervoller Planet ständig mit Wissen aus dem Kosmos gespeist. Dies geschieht, indem die universelle Energie von dort direkt an sämtliche Kraftorte auf der Erde fliesst, von wo sie in ein systematisch angelegtes, unterirdisches Netzwerk aus kleineren Energiebahnen gelangt. Im Prinzip funktioniert das Ganze ungefähr so ähnlich wie der Organismus in einem menschlichen Körper, nur in einem etwas grösseren Rahmen."

Ehe er sich versah, wurde Anubis' umherstreifender Astralkörper sanft in den grell flirrenden Sog dieses unbeschreiblichen Energiewirbels hineingezogen und im Bruchteil einer Sekunde in eine andere Dimension katapultiert. Obschon sein physischer Körper immer noch brav zu Hause im Bett lag und sich ganz normal ausruhte, befand sich ein anderer, nicht physischer Teil von ihm gleichzeitig mitten in einem ungeheuren Abenteuer. Die bunten Schmetterlinge waren inzwischen zwar verschwunden, dafür erschien im gleissend hellen Licht dieser astralen Sphäre eine engelhafte Gestalt, die sich höflich als Amelie vorstellte.

„Willkommen im Herzen der Akasha-Chronik", sprach das eher weiblich anmutende Lichtwesen, „wir haben dich schon erwartet."

„Ähm ..., sorry ..., was für eine Chronik?", stammelte Anubis irritiert.

„Ach, komm schon, tu nicht so scheinheilig", lachte Amelie herzhaft, „du warst schon so oft hier in deinen Träumen. Nur schade, dass du dich am nächsten Morgen bisher nie daran erinnern konntest. Aber das wird sich ab jetzt ändern, darauf kannst du dich schon mal gefasst machen. Übrigens, wie hast du meinen improvisierten Testversuch gefunden, um die Kommunikation mit dir bereits im Vorfeld aufzubauen?"

„Testversuch? Was meinst du denn damit?"

„Na, den kleinen, aber feinen Trick mit den Lottozahlen. Das war alles gar nicht sooo wahnsinnig magisch, wie du denkst. Denn das allwissende Universum hat seine Augen und Ohren überall."

„Ach, du warst das also?", rief Anubis erstaunt. „Aber sag mal, wenn du schon alles so geschickt eingefädelt hast, warum hast du mich den Jackpot dann nicht gleich gewinnen lassen?"

„Es tut mir wirklich leid, aber das hätte dann wohl doch etwas zu weit geführt", entschuldigte sich die sympathische Lichtgestalt aufrichtig, „denn so enorm viel Geld auf einmal hätte womöglich deine ansonsten stets noblen Absichten negativ beeinflussen können. Und um dieses Reich betreten zu können, braucht es eine reine, unverfälschte energetische Schwingung. Wie du richtig vermutest, existieren hier bestimmte Schutzvorrichtungen, damit das in der Akasha-Chronik gespeicherte Wissen nicht in falsche Hände gerät, verstehst du? Schliesslich kann nicht jeder einfach so nach Lust und Laune hier reinspazieren und sich die gewünschten Informationen unter den Nagel reissen, um damit womöglich das Geschehen in der Welt zu manipulieren."

„Das Blöde ist nur, dass solche korrupten Menschen meistens auch andere Wege finden, um ihre Machtgier zu stillen", meinte Anubis skeptisch.

„Tja, da hast du leider recht", kam die prompte Antwort, „aber lassen wir dieses Thema und konzentrieren wir uns lieber auf das Positive. Denn wie du weisst, kehrt sich jeder unheilvolle Gedanke früher oder später gegen seinen Urheber. Wenn nicht in diesem Leben, dann im nächsten oder übernächsten. Alle Gedanken, Emotionen und Handlungen produzieren bestimmte Schwingungen, die ununterbrochen ausgesandt werden. Diese unterliegen dem Prinzip von Ursache und Wirkung. Und dass dieses unfehlbare Gesetz mit absolut mathematischer Präzision funktioniert, brauche ich vermutlich nicht extra zu betonen. Doch nun möchte ich dir etwas ganz anderes zeigen, bitte folge mir."

Ohne eine Antwort abzuwarten, schwebte Amelie mit bezaubernder Anmut davon. Anubis folgte ihr neugierig, allerdings etwas weniger elegant. Denn schliesslich war er es nicht gewohnt, so schwerelos durch den Raum zu gleiten, das erforderte schon etwas Übung. Hilflos mit den Armen rudernd und sich um die eigene Achse drehend, schwebte er dem Engelwesen tollpatschig hinterher.

„Oh, ich glaube, mir wird schwindlig", rief er verzweifelt, „hoffentlich knalle ich nicht gegen einen Baum oder so."

„Keine Sorge, mein Freund", lachte Amelie heiter, „in unseren Dimensionen ist alles ätherisch. Das heisst, nichts besteht aus fester Materie, so wie ihr es auf der Erde kennt. Das liegt daran, dass die Atome und Moleküle hier viel schneller schwingen und somit eigentlich alles unsichtbar ist für menschliche Augen."

Die beiden schwebten eine Weile lang über saftig grüne Wiesen, überirdisch blau glitzernde Seen und paradiesisch anmutende Berglandschaften. Schliesslich erblickte Anubis von oben einen märchenhaften, in orientalischem Stil erbauten Palast mit rundlichen Kuppen.

„Das da unten ist meine bescheidene Einzimmerwohnung", scherzte Amelie gut gelaunt, „aber die werde ich dir ein andermal zeigen. Siehst du den markanten Berg da vorne?"

„Oh ja, der sieht aus wie das Matterhorn in der Schweiz", erwiderte Anubis entzückt.

„Das ist richtig, aber in Wahrheit ist es natürlich genau umgekehrt", erklärte Amelie, „denn eigentlich ist DAS hier das Original. Das ätherische Doppel jedes beliebigen Objekts existiert immer zuerst in der Astralwelt, bevor es auf irgendeinem Planeten in physischer Form in Erscheinung tritt."

Anubis nickte stumm. Er war gerade zu sehr damit beschäftigt, diese unbeschreiblich herrliche Wunderwelt aus der Luft zu betrachten und all die Informationen wie ein Schwamm in sich aufzusaugen.

„Dieser Berg ist sozusagen der offizielle Hauptsitz der sagenumwobenen Akasha-Chronik", fuhr Amelie unbeirrt fort, „das kosmische Gedächtnis, in dem das Wissen sämtlicher Galaxien abgespeichert ist. Und nicht zu vergessen: jegliche Erfahrungen aller vergangenen und zukünftigen Leben, die jemals auf der Erde gelebt wurden beziehungsweise gelebt werden."

„Wie bitte? Vergangene UND zukünftige Leben? Aber wie ist denn das möglich?", wollte Anubis wissen.

„Das kann man natürlich nur verstehen, wenn man nicht in linearen Zeitabläufen denkt, so wie es in der dreidimensionalen Welt der Menschen üblich ist", erklärte das Engelwesen. „Wenn du Lust hast, können wir mal eines deiner potenziellen zukünftigen Leben betrachten."

Als sich die beiden unmittelbar vor dem majestätischen Berg befanden, nahm Amelie den irdischen Besucher sachte an der Hand.

„Du musst jetzt leider kurz die Augen schliessen, mein Lieber", hauchte sie ihm zart ins Ohr, „denn nur Eingeweihte dürfen den Weg ins Innere des Berges kennen."

„Okay", murmelte Anubis aufgeregt und schloss artig die Augen. Als er sie kurz darauf wieder öffnen durfte, stockte ihm vor Ehrfurcht der Atem. Seine charmante Begleiterin hatte ihn in eine unvorstellbar riesige Höhle tief im Inneren des Berges geführt, in der es nur so wimmelte von Millionen glitzernder Kristalle. So weit das Auge reichte, funkelten diese absolut fantastischen, wunderschönen Edelsteine in allen erdenklichen Farben.

„Willkommen im Herzen der universellen Bibliothek, besser bekannt unter dem legendären Namen Akasha-Chronik", lächelte Amelie sanftmütig. „Ich kann dir jetzt leider nicht alles detailliert erklären, denn das würde dein menschliches Fassungsvermögen bei Weitem übersteigen. Aber wer auch immer dieses Wissen hier anzapft, kann sowieso nur diejenigen Informationen abrufen, mit denen er oder sie energetisch auf derselben Wellenlänge schwingt. Das Verrückteste an der ganzen Sache ist jedoch, dass die hier gespeicherten Daten buchstäblich lebendig sind."

„Lebendige Daten? Das tönt ja wirklich sehr spannend", kicherte Anubis ungläubig, „aber irgendwie auch ein bisschen abstrakt, zumindest für einen einfachen Durchschnittsmenschen wie mich."

Amelie pickte nach dem Zufallsprinzip einen beliebigen Kristall heraus und überreichte ihn feierlich Anubis.

„Hier, umfasse diesen Stein für einen kurzen Augenblick mit beiden Händen", schmunzelte sie schelmisch,

„danach wirst du vielleicht besser verstehen, was ich meine."

Anubis tat, wie ihm geheissen. Kaum hielt er den mystischen Kristall in den Händen, wurde sein Bewusstsein augenblicklich in eine andere Zeit katapultiert.

Plötzlich befand er sich in einem Schützengraben, mitten in einer wild tobenden, blutigen Schlacht. Die Gewehrsalven pfiffen ihm nur so um die Ohren, während links und rechts von ihm junge Soldaten reihenweise mit zerschmetterten Körpern stöhnend zusammensackten. Die einen wurden von Kugeln oder Granatsplittern getroffen, die anderen brutal aufgespiesst von Bajonetten, montiert auf Gewehrläufen der feindlichen Truppen, die den Schützengraben soeben stürmten. Mein Gott, ich befinde mich mitten im ersten Weltkrieg, wurde es Anubis auf einmal bewusst. Intuitiv wusste er, dass es sich um eine Schlacht in Frankreich im Jahr 1916 handelte. Er erlebte dieses grausame Gemetzel sozusagen live aus der Perspektive eines jungen Soldaten mit.

Mittlerweile hatte der Feind den Schützengraben, der eben noch als Zufluchtsort gedient hatte, komplett überrannt und in eine unentrinnbare Todesfalle verwandelt. Gnadenlos metzelten die gegnerischen Soldaten alles nieder, was sich bewegte. Der Befehl des Kommandanten der feindlichen Übermacht lautete nämlich ganz klar, keine Gefangenen zu machen. Der junge Bursche, dessen tragisches Schicksal Anubis gerade in Echtzeit miterlebte, riss sich in Todespanik die von seiner Mutter geschenkte Kette mit dem Holzkreuz vom Hals und umklammerte sie wimmernd.

„Jesus, Gott, Mutter Maria", flehte er innerlich, „bitte hilf …!".

Mitten in diesem Stossgebet erschütterte plötzlich ein lauter Knall das Geschehen und es wurde dunkel um den jungen Mann. Eine explodierende Handgranate hatte ihm, der eigentlich gar nie in diesen scheusslichen Krieg ziehen hatte ziehen wollen, beide Arme sowie das linke Bein abgerissen. Zum Glück verlor er sofort das Bewusstsein, so dass er nicht mehr mitkriegte, wie er elendiglich verblutete.

In diesem Moment erwachte Anubis aus dieser beklemmenden Zeitreise. Zu Tode erschrocken liess er den Kristall fallen, doch Amelie fing ihn geschickt auf.

„Meine Güte, was war denn das?", keuchte er schockiert, „das hat alles so unglaublich real gewirkt."

„Was du soeben erlebt hast, WAR die Realität. Verstehst du jetzt besser, was lebendige Informationen sind? Jede Seele, die jemals als Mensch auf dieser Erde inkarniert, besitzt einen eigenen Kristall, der sich hier in dieser gewaltigen Bibliothek befindet. Und in jedem Kristall ist jedes einzelne Leben fein säuberlich dokumentiert. Du hast jetzt gerade am eigenen Leib erlebt, wie sich das Sterben für einen Soldaten im ersten Weltkrieg angefühlt hat. Das war zugegebenermassen etwas dramatisch. Aber nun wollen wir deinen eigenen, ganz persönlichen Stein suchen, wenn du magst. Bist du bereit?"

„Naja, ich weiss nicht so recht", stammelte Anubis unsicher, „und was, wenn ich anschliessend für den Rest meines Lebens traumatisiert bin?"

„Keine Angst, du wirst nichts erfahren, was du nicht verkraften könntest."

„Hm, na gut, von mir aus. Wenn ich schon mal in dieser komischen Höhle hier bin ..."

„Komisch? Du meinst wohl eher kosmisch, oder?", scherzte Amelie, um die angespannte Stimmung ein bisschen aufzulockern. „Wer will denn gleich die Flinte ins Korn werfen, bloss wegen ein bisschen Weltkrieg?"

Die Stadt in der Zukunft

Mit einem mulmigen Gefühl folgte Anubis seiner im wahrsten Sinne des Wortes himmlischen Reiseleiterin, die permanent von einer strahlenden Aura aus weiss-goldenem Licht umgeben war. Zu seinem grossen Erstaunen summte Amelie völlig entspannt die bekannte Melodie eines uralten Rocksongs vor sich hin, als wäre diese ganze Akasha-Geschichte die normalste Sache der Welt.

„Hey, das Lied kenne ich doch", rief er ihr zu, während er dazu mit den Fingern schnippte, „ist das nicht etwas von den Rolling Stones? Vielleicht ‚Sway' oder so?"

„Aha, da kennt sich wohl jemand aus mit der Materie", grinste der Hardrockengel verschmitzt. In Wahrheit hatte sie diese Melodie natürlich absichtlich ausgewählt, um Anubis mit diesem Trick ein bisschen abzulenken und die angespannte Nervosität von ihm zu nehmen. Das war ihr hiermit auch hervorragend gelungen, denn während sie gemeinsam durch die Höhle spazierten und ganz ungezwungen über gute, alte Rockmusik plauderten, taute Anubis sichtlich auf. Als sie schliesslich im hinteren Teil des ausgehöhlten Berges ankamen, fühlte er sich schon fast wie zu Hause.

„Gibt es da irgendwo einen Kristall, der dich besonders anspricht?", lenkte Amelie das Thema behutsam wieder auf die bevorstehende Aufgabe.

„Das ist eine einfache Frage", kam die Antwort wie aus der Pistole geschossen, „zu diesem wunderschönen, azurblauen Stein da drüben fühle ich mich instinktiv hingezogen. Fast so, als wäre er ein Teil von mir."

„Kein Wunder, denn dieser Stein ist auch ein Teil von dir. Hierbei handelt es sich nämlich um deinen ganz persönlichen Akasha-Kristall, in dem alle deine Daten minutiös abgespeichert sind. Das ist sozusagen deine eigene, private Zeitkapsel."

„Wow, cool! Darf ich ihn mal anfassen?"

„Aber klar doch, deshalb sind wir ja hier."

Sorgfältig hob Amelie das in geheimnisvollem Blau schimmernde Schmuckstück empor. Dabei achtete sie peinlich genau darauf, dass der Stein nicht in Berührung mit einem anderen kam, da sich sonst unter Umständen die Energien miteinander hätten vermischen können. Aus diesem Grund war auch jeder einzelne Stein fein säuberlich in eine Art energetische Schutzhülle eingebettet.

„Hast du schon einmal etwas vom sogenannten Wahrscheinlichkeitsfaktor gehört?", fragte Amelie ihren irdischen Freund, worauf sie ein verneinendes Achselzucken erntete. „Kein Problem, dann werde ich dir kurz etwas dazu erklären, bevor ich dich auf Entdeckungsreise in deiner persönlichen Zeitkapsel schicke. Jedes Mal, wenn du in deinem Leben an eine Weggabelung gelangst und dich für eine bestimmte Richtung entscheiden musst, kommt der sogenannte Wahrscheinlichkeitsfaktor ins Spiel. Egal, für welchen Pfad du dich schlussendlich entscheidest. Die Wahrscheinlichkeit, dass du an dieser Abzweigung einen anderen Weg wählst, existiert ebenso."

„Bedeutet das etwa, dass ein Mensch mehrere Möglichkeiten zur Auswahl hat, was seine eigene Zukunft betrifft?", fragte Anubis verblüfft.

„Genau das bedeutet es", fuhr Amelie geduldig fort, „euch Menschen steht eine Auswahl unbegrenzter Möglichkeiten zur Verfügung. Deshalb ist jede potenzielle Zukunft, wenn man das so sagen kann, in Form eines Profils bereits provisorisch angelegt. Aber keine davon ist in Stein gemeisselt, da alles stets einem permanenten Wandel unterworfen ist. Die tatsächliche, definitive Zukunft hängt also von euren individuellen Entscheidungen ab, die ihr in jedem Augenblick eures Lebens trefft. Aus diesem Grund erscheint es euch manchmal so rätselhaft, wenn sich das Leben eines beliebigen Menschen manchmal praktisch über Nacht radikal verändert. In Wirklichkeit liegt das aber daran, dass dieses Individuum plötzlich neue Einsichten gewonnen und die damit zusammenhängenden Erfahrungen in der Zukunft sozusagen neu programmiert hat. Meistens geschieht das natürlich völlig unbewusst, da die meisten Menschen diese unbeeinflussbaren Naturgesetze noch nicht verstehen. Aber das wird sich schon sehr bald ändern."

„Puh, das scheint mir aber ein ziemlich komplexes Thema zu sein", meinte Anubis mit hochgezogenen Augenbrauen.

„Oh ja, und das sind noch nicht mal die Grundlagen", schmunzelte Amelie amüsiert, „aber lassen wir das für den Moment. Vielleicht wirst du zu einem späteren Zeitpunkt mehr darüber erfahren."

„Je nachdem, wie ich mich entscheide, stimmt's?"

„Ha, sehr gut aufgepasst", lobte ihn die charmante Lehrerin, „wie ich sehe, hast du diese Lektion bereits verinnerlicht. In diesem Fall können wir ja gleich weitergehen zur nächsten Aufgabe."

Darauf streckte sie ihrem Schützling mit einer Art feierlicher Demut den Kristall entgegen, als wäre er ein Siegerpokal.

„Lieber Anubis, hiermit überreiche ich dir deinen ganz persönlichen Stein der Weisheit", erklärte Amelie, „sobald du ihn berührst, wird er vollständig mit deiner DNA verschmelzen und sämtliche schlafenden Bereiche deines Unterbewusstseins reaktivieren. Das bedeutet, dass die schützende Zeitkapsel, die dein dreidimensionales Bewusstsein umgibt, augenblicklich gesprengt wird und dir der Zugang in andere Realitäten geöffnet wird."

Nach einer kurzen Pause fügte sie augenzwinkernd hinzu. „Aber es ist schwierig, dem Fisch im Aquarium die Aussenwelt zu erklären, wenn er nur das Aquarium kennt. Deshalb schlage ich vor, dass du nun am besten deine eigenen Erfahrungen machst."

Mit klopfendem Herzen nahm Anubis den majestätisch azurblau funkelnden Akasha-Kristall entgegen. Es fühlte sich so an, als hätte er endlich das fehlende Puzzleteil gefunden, nach dem er schon sein ganzes Leben lang vergebens gesucht hatte. Kaum berührten seine vor Aufregung leicht zitternden Hände dieses mysteriöse Objekt, durchzuckten tausende von feinstofflichen Blitzen seinen Körper und versetzten seinen Geist sogleich in einen unbeschreiblichen, überirdisch kristallklaren Bewusstseinszustand.

„Zu Fleisch und Knochen zu werden und den Erdenweg zu gehen, ist keine leichte Aufgabe", vernahm er eine feine Stimme in seinem Inneren, „aber versuche niemals, etwas in deinem Leben willentlich zu beschleunigen oder zu verlangsamen. Lass es einfach geschehen, denn alles hat seinen bestimmten Grund."

Anubis wusste nicht, ob er wachte oder träumte, während er wie in Trance einige Schritte vorwärtstaumelte. Doch die aufmerksame Amelie schloss ihn sanft in die Arme und setzte ihn mitsamt dem Kristall behutsam auf den mit angenehm weichem Moos bedeckten Boden der Höhle.

Anubis realisierte alles, was gerade zeitgleich auf verschiedenen Ebenen passierte, denn sein Bewusstsein funktionierte nun im multidimensionalen Modus. Er konnte sozusagen alle Sender im kosmischen Radio gleichzeitig empfangen. Oder genauer gesagt: diejenigen im Frequenzbereich seiner persönlichen Reichweite, wo jeder Sender ein bereits gelebtes Leben darstellte. Es dauerte nicht lange, bis Anubis herausfand, wie er mit bloßer Gedankenkraft einen beliebigen Sender auswählen konnte. Vor seinem inneren Auge sah er deutlich die Skala, auf der er sich momentan irgendwo im mittleren Bereich befand. Aus seinem allumfassenden Blickwinkel symbolisierte die linke Seite der Skala die Vergangenheit, rechts von seinem Standpunkt waren bereits sämtliche Profile von potenziellen zukünftigen Leben angelegt.

Erneut löste sich sein Geist, diesmal vom Astralkörper, um sich jenseits von Zeit und Raum auf eine abenteuerliche Wanderschaft zu begeben. Doch diesmal zog es ihn nicht in die Vergangenheit eines fremden Menschen, sondern in die Zukunft – und zwar in seine eigene. Umgeben von einem schützenden, wolkenartigen Gebilde reiste Anubis durch die Illusion, der die Erdenmenschen den Namen Zeit verpasst hatten. Aus seiner unendlich viel höheren Perspektive konnte er jedoch klar erkennen, dass es so etwas wie eine lineare Zeit in Wirklichkeit gar nicht gab. Alles existierte gewissermassen parallel und jedes scheinbar noch so unbedeutende Ereignis auf der Erde stellte ein wichtiges Rädchen in einem gigantischen, perfekt funktionierenden System dar. Doch mittlerweile wusste Anubis natürlich, dass absolut nichts in irgendeinem Universum durch blossen Zufall entstanden war. Denn wäre dies so, müsste es ja mehr Zufälle geben als Sterne im Weltall.

Oh nein, da musste zweifellos ein dermassen hoch intelligentes Bewusstsein am Werk sein, das so ungeheuer gigantisch war, dass ein simples menschliches Gehirn es nicht einmal ansatzweise erfassen konnte. Während Anubis gedanklich noch eine Weile bei dieser über alles erhabenen Intelligenz verweilte, wurde er sich seiner menschlichen Grenzen zum ersten Mal richtig bewusst. Gemessen an der gesamten Schöpfung steckte die menschliche Rasse buchstäblich noch in den Kinderschuhen.

„Es wird vermutlich noch ein paar Jahrhunderte dauern, bis wir Menschen überhaupt mal irgendwas kapiert haben", schoss es ihm durch den Kopf, „denn aus unserer Vergangenheit haben wir bisher ja noch nicht wirklich allzu viel gelernt."

Auch wenn er in diesem Augenblick selbst nur einen winzigen Hauch von Ewigkeit wahrnehmen durfte, stockte ihm nur schon bei diesem einzigartigen Erlebnis der Atem vor demütiger Ehrfurcht.

Dann löste sich der milchige Nebel um ihn herum plötzlich auf und der Blick auf eine surreal anmutende Landschaft wurde frei. Erst bei näherem Hinschauen erkannte Anubis, dass es sich bei dieser vermeintlichen

Landschaft um eine futuristische Stadt handelte, die man im Einklang mit der Natur harmonisch in die natürliche Umgebung eingebettet hatte. Die rundlichen, mit Gras und Blumen bewachsenen Dächer der ausschliesslich flachen Gebäude gingen optisch geschmeidig ineinander über, so dass das Häusermeer aus der Vogelperspektive eher aussah wie ein riesiger Park anstatt wie eine pulsierende Metropole. Kurz darauf spuckte die ominöse Zeitkapselwolke den Reisenden mitten auf einem belebten Platz aus.

Zunächst dachte Anubis, dass er für die anderen Menschen vermutlich erneut unsichtbar wäre, so wie bei der letzten Zeitreise, die ihn sozusagen als unbeteiligten Zuschauer direkt in die dramatische Schlacht im ersten Weltkrieg geführt hatte. Aber als ihn eine vorbeigehende Frau aus Versehen anrempelte und sich sogleich höflich entschuldigte, wurde er eines Besseren belehrt.

„Das muss wohl daran liegen, dass ich diesmal eines meiner eigenen Leben besuche und nicht dasjenige eines Fremden", grübelte Anubis nach. „Wenn ich nur wüsste, in welchem Jahr und auf welchem Planeten ich mich hier befinde."

Neugierig schlenderte er quer über den öffentlichen Platz, während er aufmerksam die Menschen beobachtete. Alle schienen irgendwie beschwingt und zufrieden zu sein, denn überall sah man nur freundliche Gesichter. Ausserdem konnte Anubis nirgendwo ein Zeichen von Armut entdecken, weder Bettler noch Obdachlose waren zugegen.

In einer kleinen Arena mitten im Zentrum des Platzes befand sich eine Art modernes Freilichtkino. Da man offenbar nichts dafür bezahlen musste, setzte sich Anubis spontan in die hinterste Reihe neben einen alten Mann, der jedoch einen sehr rüstigen Eindruck machte.

„Entschuldigung, wissen sie zufällig, wie der Film heisst, der gerade läuft?", sprach Anubis ihn zögerlich an.

„Na, du bist mir ja ein feiner Kerl", lachte der alte Mann amüsiert, „wo kommst du denn her?"

„Äh, ich ... also", stotterte Anubis verlegen.

Der Alte fuhr fort: „Ich bin jetzt genau hundert Jahre alt, und diese altmodische Sie-Form hat man schon abgeschafft, als ich ungefähr in deinem Alter war. Seitdem duzen sich hier alle gegenseitig."

„Oh, naja ..., das gilt jetzt halt wieder als modern im Sprachgebrauch der jungen Leute. Zurück zu den Wurzeln sozusagen, verstehen sie ... Ich meine, verstehst du", improvisierte Anubis irgendwas zusammen. Während er rechnete, sagte er: „Das heisst, du wurdest geboren im Jahr ... ähm ..."

„... 2068, jawohl", beendete der offensichtlich äusserst gutmütige Mann den Satz.

„Wie bitte? 2068? Das heisst, wir befinden uns gerade im Jahr 2168? Wow, das ist ja ein Ding." Anubis spürte, wie sich sein Puls vor Aufregung rasant beschleunigte.

„Na, du bist mir ja wirklich ein schöner Spassvogel, Jungchen", kicherte der Mann heiser, „ich heisse übrigens Johann Hill."

„Sehr erfreut, Anubis ist mein Name."

„Um deine vorherige Frage zu beantworten", fuhr Johann munter fort, „diese Dokumentation hier ist der dritte und letzte Teil der Serie *Die finstere Ära*. Da werden die Jahre 2000–2050 der Menschheitsgeschichte nochmals von allen Seiten beleuchtet. Unglaublich, was für ein krankes Organ unsere Erde damals war. Man könnte auch sagen, unser Planet war früher so etwas wie das Irrenhaus des Universums, ein regelrechter Schandfleck. Und das alles nur wegen des grenzenlosen Hasses, des Egoismus und vor allem wegen der unersättlichen Gier der damaligen Menschen."

Mit einem mulmigen Gefühl dachte Anubis an sein wirkliches Leben im Jahr 2016.

„Oh ja, das ist ... ich meine, das war tatsächlich eine ziemlich finstere Ära", murmelte er gedankenverloren vor sich hin.

„Stell dir nur vor", plauderte Johann enthusiastisch weiter, „die haben damals sogar noch ganz bewusst die Umwelt verschmutzt, wehrlose Tiere am Fliessband abgeschlachtet und gegessen und auch sonst waren die meisten Menschen geistig offenbar ziemlich abgestumpft."

Anubis nickte beschämt. Er konnte dem guten Mann ja relativ schlecht erzählen, dass er in Wirklichkeit ebenfalls einer von diesen kaputten Unmenschen aus dem einundzwanzigsten Jahrhundert war.

„Tja, ich kann mir sehr lebhaft vorstellen, wie das damals zu- und hergegangen ist", seufzte er, „Bandenkriege in den Strassen, Machtspiele der Politiker, Krieg, Terror und Korruption überall ... Das volle Programm eben."

„Es ist wirklich seltsam", räusperte sich Johann Hill, „aber du erinnerst mich sehr stark an den Sohn meines Bruders, meinen Neffen Daniel. Obschon der mittlerweile auch schon um die sechzig ist. Auf jeden Fall habt ihr genau dieselbe Art zu sprechen, sowie auch einige andere frappante Ähnlichkeiten. Daniel ist übrigens Professor für Geschichte, spezialisiert auf das Gebiet zwanzigstes und einundzwanzigstes Jahrhundert. Er hat an allen drei Teilen der Serie *Die finstere Ära* mitgewirkt und sollte heute eigentlich ebenfalls anwesend sein. Augenblick, ich kann es dir gleich sagen."

Gemächlich hantierte Johann an einem unscheinbaren, ovalen Gerät herum, das an seinem futuristisch aussehenden Gürtel befestigt war.

„Ich weiss", gab er etwas verlegen zu, „das ist eigentlich ein Spielzeug für Jugendliche. Aber ich bin halt immer noch derselbe Kindskopf wie früher."

Anubis betrachtete das elektronische Gerät neugierig. Dummerweise konnte er keine allzu offensichtlich naiven Fragen stellen, ohne sich dabei zu verraten. Denn niemand hier durfte erfahren, dass er in Wahrheit ein Zeitreisender aus der Vergangenheit war, der vor über 150 Jahren gelebt hatte beziehungsweise lebte. Aber zum Glück nuschelte Johann die gewünschten Informationen von alleine vor sich hin, während er mit dem Zeigefinger geschickt über den kleinen Bildschirm des Computers fuhr.

„Aha, da sind ja schon die von meinem lieben Neffen Daniel gespeicherten Daten", murmelte er konzentriert. „Sehr schön. Dann sollte das intelligente Personen-Navigationssystem seinen derzeitigen Standpunkt gleich orten, falls er sein Gerät ebenfalls eingeschaltet hat. Aber so, wie ich den alten Fuchs kenne, ist er sowieso ständig vernetzt. Ha! Na, was habe ich gesagt?"

Anubis beobachtete gespannt, wie das für ihn seltsame Gerät plötzlich grüne, wellenförmige Lichtsignale aussendete. Diese Aktion wurde von einer warmen Frauenstimme wie folgt kommentiert: „Die gesuchte Person wurde lokalisiert. Sie befindet sich momentan exakt 228

Meter von hier entfernt, in nordöstlicher Richtung. Soll ein Kontakt hergestellt werden?"

„Ja, bitte", antwortete Johann mit kindlicher Freude.

„Objekt Daniel wurde soeben kontaktiert", kam die prompte Rückmeldung.

Eine rätselhafte Begegnung

Es dauerte keine fünf Minuten, da marschierte bereits ein älterer, aber dennoch überraschend jugendlich aussehender Mann voller Elan auf die beiden zu.

„Hallo, Onkel Johann", lächelte er freundlich, „danke für die Kontaktaufnahme. Es freut mich natürlich sehr, dich hier anzutreffen. Na, wie gefällt dir die hübsche kleine Geschichtsdokumentation?"

„Ausgezeichnet, da hast du wieder einmal wirklich hervorragende Arbeit geleistet, Daniel", lobte ihn Johann. „Übrigens, dieser junge Mann hier, der mir freundlicherweise Gesellschaft leistet, ist Anubis."

„Guten Tag, Anubis, sehr erfreut. Ich bin Daniel", begrüsste der Geschichtsprofessor Anubis und streckte ihm höflich die Hand entgegen.

Doch dann geschah etwas ziemlich Merkwürdiges. Als sich die Hände von Daniel und Anubis beim Gruss kurz berührten, wurden beide Männer von einem leichten elektrischen Schlag durchströmt, der von einem deutlich hörbaren Knistern begleitet wurde. Dabei zuckten beide gleichzeitig erschrocken zusammen, denn sie hatten so etwas noch nie erlebt.

„Nanu, was war denn das eben?", fragte Daniel irritiert, „sind wir etwa elektrisch geladen?"

„Vielleicht", erwiderte Anubis geistesabwesend, denn sein Gehirn arbeitete gerade auf Hochtouren. Die simple Berührung mit diesem vermeintlich fremden Mann aus der Zukunft hatte in seinem Inneren einen wahren Sturm bisher unbekannter Emotionen ausgelöst. Nachdem sich diese ungeheure Welle von eigenartigen Gefühlen wieder etwas gelegt hatte, war es ihm plötzlich sonnenklar: „Dieser Mann hier – Daniel – das bin ICH selber!"

Anubis wusste dies mit absoluter Sicherheit. „Wenn ich mich gemäss dem Wahrscheinlichkeitsfaktor dafür entscheide", verfolgte er seinen Gedanken weiter, „werde ich meine nächste Inkarnation als Geschichtsprofessor in dieser Stadt hier verbringen."

Dieses innere Wissen, das ihm vor kurzer Zeit noch als völlig absurd, ja geradezu lächerlich erschienen wäre, war nun innerhalb von wenigen Sekunden zu einer absoluten Gewissheit herangereift. Zum Glück fasste sich Anubis nach diesem ersten Schock relativ schnell wieder, obschon es ja nicht gerade alle Tage vorkommt, dass man einer zukünftigen Version seiner selbst begegnet. Daniel hingegen hatte keine Ahnung von alldem. Für ihn war dieser knisternde, elektrische Impuls bloss eine rein physikalische Erscheinung gewesen. Trotzdem spürte auch er tief in seiner Seele, dass zwischen ihm und diesem fremden Menschen irgendeine geheimnisvolle Verbindung bestand, für die er jedoch keine vernünftige Erklärung fand. Anubis jedoch hatte die Lösung des Rätsels bereits gefunden. Offensichtlich bestand der Zweck seiner Reise darin, etwas über sich selber zu lernen. Was genau, das konnte er momentan noch nicht sagen.

Um diesen leicht peinlichen Zwischenfall elegant zu überspielen, beschloss Anubis, das Thema auf weltliche Dinge zu lenken.

„Wie mir dein Onkel erzählt hat, bist du als Experte

für Geschichte mitverantwortlich für dieses gewaltige Filmprojekt hier?", fragte er interessiert.

„Oh ja, das ist wahr", antwortete Daniel bescheiden. Er schien sichtlich erleichtert, sich wieder mit der Materie beschäftigen zu können, die ihm vertraut und die logisch erklärbar war. „Das ganze Team hat über ein Jahr lang intensiv daran gearbeitet, obwohl ich die Idee dazu eigentlich schon im Jahr 2165 hatte."

„Oh, das ... ähm ... ist aber schon eine Weile her, nicht wahr?", sagte Anubis so unaufgeregt wie möglich, um keinen unnötigen Verdacht zu erwecken. Denn seine wahren Gedanken konnte er natürlich unmöglich verraten. „Das ist ja sowas von bizarr", dachte er für sich, „in ungefähr 150 Jahren werde ich also die Idee zu diesem historischen Filmprojekt haben. Wenn ich das meiner Mutter erzählen würde, dann würde sie mich unverzüglich zu einem Psychiater schicken."

Inzwischen war Daniel regelrecht in Fahrt gekommen. So wie immer, wenn sich ihm die Gelegenheit bot, über sein heiss geliebtes Spezialgebiet Geschichte zu sprechen.

„Wir wissen ja alle, was damals, im Jahre 2030, geschah."

„Ich habe leider nie so gut aufgepasst im Geschichtsunterricht", log Anubis, um etwas über die nahe Zukunft seines jetzigen Lebens zu erfahren, „könntest du mir nicht bitteschön das Allerwichtigste kurz zusammenfassen?"

„Aber gerne doch", sprudelte es begeistert aus Daniel heraus, ehe er loslegte und sich in einen wahren Rausch redete.

„Praktisch die ganze Welt war um das Jahr 2030

herum ein dunkler Ort, an dem sich unglaublich viele Menschen im puren Überlebensmodus befanden. Durch die ständige Panikmache der Medien und wegen der zunehmenden Umweltkatastrophen hatte das menschliche Bewusstsein eine äusserst niedrige Schwingung erreicht. Hinzu kam die traurige Tatsache, dass der normale Durchschnittsbürger immer mehr in eine verhängnisvolle Abhängigkeit vom Staat getrieben wurde. Jegliche Form von Kritik oder gar Rebellion seitens der Bevölkerung wurde schon im Keim erstickt, so dass die Welt, insbesondere Europa und Amerika, immer mehr zu einer reinen Diktatur verkam. Nach einer jahrelangen Vorbereitungsphase beschlagnahmte der Staat eines Tages sämtliche privaten Vermögen.

„Und dann? Was geschah dann?", wollte Anubis wissen. Er hatte nur schon alleine von dieser Erzählung am ganzen Körper eine dicke Gänsehaut gekriegt.

„Als die arg gebeutelte Menschheit schliesslich an einem Punkt angelangt war, an dem die halbe Weltbevölkerung vor lauter Angst und kollektiver Isolation regelrecht paranoid geworden war", fuhr Daniel nachdenklich fort, „geschah etwas Sonderbares. An diesem kritischen Punkt nämlich konnte die Welt gar nicht mehr lauter, kälter und überfüllter werden. Es herrschte dermassen viel Chaos, Verwirrung und ständiger Druck, dass irgendetwas passieren MUSSTE. Einige wenige Individuen hatten natürlich schon längst erkannt, dass diese von den Regierungen künstlich erschaffene Rastlosigkeit nur dazu dienen sollte, die herrschenden, verborgenen Machtstrukturen so lange wie möglich aufrechtzuerhalten. Tja, und dieser tapferen Minderheit haben wir es im positiven Sinn zu verdanken, dass eine wahre

Revolution ausbrach. Dieses historische Ereignis ist dann ja auch als die sogenannte *Revolution des Bewusstseins* in die Geschichtsbücher eingegangen. Das hat schlussendlich dazu geführt, dass sich die Menschheit aus der langjährigen globalen Versklavung und Kontrolle des Bewusstseins endlich lösen konnte. Denn wer dein Bewusstsein kontrolliert, kontrolliert dein gesamtes Leben. So einfach ist das. Der Rest der Geschichte ist ja bekannt. Kurz darauf entwickelte sich auf diesem Planeten eine prächtige, friedliebende Zivilisation. Die Menschen hatten es tatsächlich geschafft, einen winzigen Schritt vor dem Abgrund anzuhalten und umzukehren. Seit die Spezies der machthungrigen und geldgierigen Politiker von der Erdoberfläche verschwunden ist, hat es nie mehr irgendwo Krieg gegeben."

Damit beendete Daniel seine leidenschaftliche Rede, die inzwischen auch noch andere interessierte Zuhörer angelockt hatte.

Anubis konnte kaum glauben, was er da soeben mit eigenen Ohren gehört hatte. Und Onkel Johann? Der gute alte Mann war unterdessen eingenickt und döste friedlich. In seiner linken Hand baumelte immer noch der intelligente Spielzeugcomputer. Anubis nahm das Gerät vorsichtig in seine Obhut, um zu vermeiden, dass es zu Boden fiel und kaputt ging. Dabei erwachte Johann mit einem lauten Seufzer aus seinem kurzen Nachmittagsschläfchen.

„Oh, jetzt habe ich vermutlich den ganzen Film verpasst, nicht wahr?", brummelte er mit schlechtem Gewissen.

„Ach, das macht doch nichts, Onkel", winkte Daniel lachend ab, „du kannst dir das Ganze dann immer noch irgendwann später in aller Ruhe angucken."

„Gewiss, das werde ich tun", kam die selbst ermahnende Antwort mit theatralisch erhobenem Zeigefinger. Danach schauten sich die drei Männer die abschliessende Szene der Dokumentation schweigend an. Auf der riesigen Leinwand konnte man gerade ein altmodisches Düsenflugzeug aus dem frühen einundzwanzigsten Jahrhundert bestaunen. Diese für moderne Verhältnisse ultralaute Maschine produzierte absichtlich dicke, vierspurige Kondensstreifen am Himmel, die man damals Chemtrails nannte.

Begleitend dazu erklärte die moderierende Stimme des Sprechers: „Damals, als die systematische Vergiftung des Planeten sowie aller darauf wohnenden Lebewesen auf dem traurigen Höhepunkt angelangt war, liessen die Regierungen absichtlich hochgiftige, chemische Substanzen in der Luft versprühen. Was jahrzehntelang als unschädliche Mittel gegen die drohende Klimaerwärmung und somit als Notwendigkeit zum Schutz der Bevölkerung angepriesen worden war, entpuppte sich einmal mehr als dreiste Lüge der Behörden. In Wahrheit dienten diese diabolischen Sprühaktionen dazu, die Böden, Seen und Meere des Planeten mutwillig zu verseuchen. Aber wozu? Ganz einfach, um die Menschen buchstäblich zu vergiften und damit auf möglichst unauffällige Art und Weise eine Bevölkerungsreduktion zu erreichen. Doch dann geschah das Wundersame, mit dem die Mächtigen nicht gerechnet hatten: Anstatt hilflos auf der Bühne des Lebens dahinzusiechen, erwachte ein Grossteil der globalen Bevölkerung plötzlich aus dieser alptraumhaften, böswillig manipulierten Schattenwelt. Endlich, nachdem sie viele Jahrhunderte lang den schmutzigen, undurchschaubaren Komplotten der politischen, militärischen und religiösen Oberschicht ausgeliefert gewesen waren, setzten sich die Bürger erfolgreich zur Wehr. Somit wurde der Spiess kurzerhand umgedreht und um das Jahr 2050 herum konnte der Siegeszug der wahren Menschen im Namen der Gerechtigkeit und des Allgemeinwohls endgültig angetreten werden."

Dann explodierte auf der Leinwand das todbringende, Gift versprühende Frachtflugzeug mit einem lauten Knall und verwandelte sich symbolisch in eine strahlend weiss leuchtende Wolke. Von dieser Wolke aus manifestierte sich mittels eines genialen Computertricks wie aus dem Nichts ein dreidimensionaler Regenbogen, der direkt von der Kinoleinwand aus in das begeistert klatschende Publikum projiziert wurde und die gesamte Zuschauerarena in ein spektakuläres Farbenmeer tauchte.

Anubis musste bei diesem unfassbar herrlichen Schauspiel einige Male leer schlucken, derart überwältigt war er. Schliesslich hatte er diese für ihn futuristische Computertechnik noch nie erlebt. Während sich der überirdisch bunte Regenbogen über die staunende Menge ergoss, ertönte gleichzeitig dazu in jeder einzelnen Farbe des ganzen Spektrums eine sphärische Melodie. Die Gesamtheit all dieser Klänge verschmolz in geheimnisvoller Weise zu einer wunderschönen, geradezu himmlischen Symphonie des Lichts. Nach einem zeitlosen Augenblick voller Frieden und Harmonie endete die gewaltige Vorstellung schliesslich. Einigen Menschen standen vor Rührung die Tränen in den Augen, andere umarmten sich in einem spontanen Ausbruch von verbindendem Mitgefühl.

Daniel jedoch, der das alles zusammen mit einem Computerspezialisten ausgetüftelt hatte, sass einfach nur mit einem seligen Lächeln auf den Lippen da und genoss still die Früchte seiner Arbeit. Insgeheim war es natürlich von Anfang an seine Absicht gewesen, nach dieser überaus düsteren, beklemmenden Zeitreise hinter die Kulissen der vorherigen Jahrhunderte trotzdem eine Art Happy End einzubauen. Und dies war ihm mit der meisterhaft inszenierten Regenbogen-Show auch eindrücklich gelungen. Anubis bestaunte den begabten, aber dennoch äusserst bescheidenen Mann voller Bewunderung. Im selben Augenblick wurde ihm bewusst, dass er im Prinzip gerade eine zukünftige Version seiner selbst bewunderte, was ihm dann schon fast wieder etwas peinlich war.

„Jetzt könnte ich aber eine kleine Stärkung vertragen", holte ihn der alte Johann wieder in die Realität zurück, „wollen wir zur Feier des Tages noch etwas trinken gehen?"

„Gute Idee, ich hätte nämlich auch Lust auf ein Gläschen flüssiges Sonnenlicht", erwiderte Daniel begeistert. Anubis war mal wieder der Einzige, der nichts kapierte.

„Flüssiges Sonnenlicht?", dachte er verwundert, „was zum Geier soll denn das nun schon wieder sein?"

Gemeinsam verliessen die drei den Ort des Spektakels und schlenderten zu einer Art Parkplatz für seltsam aussehende Automobile, die jedoch keine Räder im herkömmlichen Sinn besassen. Zögernd nahm Anubis auf dem Rücksitz von Daniels supermodernem Fahrzeug Platz. Daniel tippte kurz den gewünschten Zielort in den eingebauten Bordcomputer im Cockpit, danach passierte alles völlig automatisch. Zu Anubis' grossem Erstaunen hob das Gefährt lautlos vom Boden ab und schwebte in einer Höhe von ungefähr zehn Metern sanft dahin.

„Wow, ein echtes Flugmobil", wollte er gerade mit kindlicher Begeisterung rufen. Doch dann besann er sich eines Besseren, um keinen Verdacht bezüglich seiner wahren Herkunft zu erwecken. So genoss er den Flug einfach in stiller, aber dafür umso grösserer Freude. Es dauerte nicht lange, bis sie ein Gebäude erreichten, auf dessen Dach sie einen freien Parkplatz fanden, wo das Gefährt selbständig landete. Kurz darauf betraten die drei das Lokal mit dem etwas altmodischen Namen *Zur Sonne*. Aber alles sogenannt Altmodische aus dem einundzwanzigsten Jahrhundert war in dieser Stadt gerade furchtbar angesagt, insbesondere bei der jüngeren Generation. Diese Rückbesinnung auf alte Werte liess sich vielleicht damit erklären, dass sich viele Menschen dieser Zeit intensiv mit der Geschichte ihrer direkten Vorfahren beschäftigten, für die sie einen enormen Respekt hegten. Denn immerhin waren es eben jene mutigen Vorfahren gewesen, welche der aktuellen Menschheit durch die legendäre *Revolution des Bewusstseins* damals den Weg in eine friedliche Zukunft geebnet hatten.

Anubis staunte nicht schlecht, als er den äusserst schick eingerichteten Gästesaal des weltberühmten Lokals betrachtete. An jeder Wand und sogar freischwebend in der Luft leuchteten überall kleine fluoreszierende Sonnen und Sterne, die mittels ausgeklügelter Computertechnik in den Raum projiziert wurden. Diese dreidimensionale Dekoration tauchte das Restaurant in ein warmes, golden-oranges Licht und löste bei jedem Gast sofort ein wohliges Gefühl von Geborgenheit aus.

Doch die Krönung des Ganzen befand sich in der Mitte des Raums. Auf einem kunstvoll verschnörkelten Sockel aus purem Gold thronte majestätisch ein runder, durchsichtiger Behälter aus einem speziellen Material. Darin flimmerte und zuckte ein winziges, gelblich-grelles Ding, von dem aus wärmende Strahlen ausgingen, die sich im ganzen Saal verbreiteten.

„Was ist denn das?", fragte Anubis neugierig.

„Meinst du diesen goldenen Schatz hier?", antwortete Daniel und zeigte mit dem Finger auf das seltsame Gerät. „Hierbei handelt es sich um die neuste Erfindung einiger verrückter Wissenschaftlerinnen und Wissenschaftler, offiziell heisst es *thermisches Solarkraftwerk*. Weil dieser Sonnenspender momentan noch ein Unikat in der Testphase ist, kommen Touristen aus der ganzen Welt hierher, um das Wunderding zu bestaunen."

„Aber was genau ist denn daran so wunderbar?", wollte Anubis wissen.

„Das absolut Einzigartige daran ist die Tatsache, dass es uns hiermit zum ersten Mal in der Geschichte der Menschheit gelungen ist, ein Stück von der echten Sonne einzufangen, abzukühlen und in einen speziellen Behälter zu transferieren", erklärte Daniel geduldig. „Das heisst, dass du hier nicht etwa irgendein künstliches, im Labor hergestelltes Produkt siehst. Oh nein, das hier ist die reine Kraft der echten, originalen Sonne unseres Universums. Ich kann dir die Technologie, mit der dieses Wunder bewerkstelligt worden ist, unmöglich in ein paar Minuten erklären. Aber eines steht fest: Sobald das Patent für dieses mobile Miniatur-Sonnenkraftwerk offiziell anerkannt wird, kann die Massenproduktion dieses heilenden Lichtspenders in die Wege geleitet werden.

Dann werden endlich auch die Menschen in den nördlichen Regionen genügend Sonnenenergie zur Verfügung haben, vor allem in den langen, düsteren Wintermonaten. Denn wie wir ja alle wissen, wurden während der tragischen Ereignisse, die durch die letzte Sonnenfinsternis vor einigen Jahren ausgelöst wurden, ganze Völkerstämme dahingerafft. Dunkelheit und der damit einhergehende Mangel an Vitamin D machen die Menschen krank, deshalb sind wir alle auf die lebensspendende Energie dieser natürlichen Lichtquelle angewiesen."

„Das ist wirklich sehr interessant", meinte Anubis beeindruckt, „was man mit ein bisschen Sonnenlicht so alles anstellen kann."

Unterdessen hatte der alte Johann bereits drei randvoll gefüllte Gläser *flüssiges Sonnenlicht* bestellt. Auf Anubis' fragenden Blick hin fuhr Daniel grinsend mit seinen Erklärungen fort: „Das flüssige Sonnenlicht ist eigentlich bloss ein beiläufiges Nebenprodukt dieser bahnbrechenden Entdeckung", quasselte er munter weiter, „obwohl im Prinzip das allein schon eine absolute Sensation ist. Denn mehr oder weniger zufällig haben die Wissenschaftler herausgefunden, dass man ein simples Glas Wasser ganz einfach mit purer Sonnenenergie aufladen kann, indem man es ein paar Minuten lang in die Nähe des magischen Solarkraftwerks stellt. Das Fantastische daran ist, dass so ein Gläschen flüssiges Sonnenlicht alle nötigen Vitamine und Nährstoffe beinhaltet, die ein Mensch für ein gesundes Leben braucht. Mit anderen Worten, die wissenschaftliche Anerkennung dieses eigentlich uralten Wissens ist so unglaublich revolutionär, dass Lichtnahrung bald schon zum Allgemeingut befördern wird. Stell dir nur vor, dann braucht auf diesem Planeten nie wieder jemand an Hunger oder Mangelernährung zu sterben."

Anubis wusste nicht so recht, was er darauf antworten sollte, denn irgendwie klang ihm das alles ein bisschen zu abstrakt. Trotzdem konnte er es kaum erwarten, endlich einen Schluck von diesem angeblichen Zaubertrank zu kosten.

„Zum Wohl", stiessen die drei durstigen Männer voller Vorfreude miteinander an. Kaum umschmeichelte der milde, leicht süssliche Geschmack der golden schimmernden Flüssigkeit Anubis' Gaumen, durchströmte ihn ein unerklärliches Glücksgefühl. Während sich die liquide Sonnenpower mit jedem Schluck etwas mehr in seinem Körper verteilte, fühlte er sich so gut wie noch nie zuvor. Zweifellos besass dieses Getränk irgendeine mysteriöse Zauberkraft, die er sich jedoch nicht erklären konnte.

„Wer weiss", meinte Daniel nach einem kurzen Moment der wohltuenden Besinnung, „vielleicht ist es ja das hier, was die alten Griechen schon vor Jahrtausenden als *Nektar der Götter* bezeichnet haben?"

„Ich glaube eher, dass die damals einfach zu viel Wein gebechert haben und ständig besoffen waren", scherzte Johann vergnügt, „wohingegen es sich bei unserem Getränk um ein pures Lebenselixier handelt."

Anubis genehmigte sich nochmals einen kräftigen Schluck dieser geballten Ladung Sonnenkraft, dann spürte er plötzlich ein leichtes Kribbeln in seiner linken Hand. Als er diese unauffällig betrachtete, stellte er verblüfft fest, dass irgendetwas mit ihr nicht stimmte. Zuerst lösten sich die Atome und Moleküle seiner Finger vor seinen Augen buchstäblich in Luft auf, danach frass sich das kribbelnde Gefühl weiter nach hinten bis zu seinem Oberarm. Schon nach wenigen Sekunden war praktisch die ganze Hand einfach so spurlos verschwunden. Völlig schockiert versteckte Anubis seine inzwischen nicht mehr existierende Hand so gut es ging in der Hosentasche. Dann entschuldigte er sich verkrampft lächelnd, während ihm das Herz vor lauter Panik bis zum Hals schlug.

„Ich gehe nur kurz auf die Toilette, bin gleich wieder zurück."

„Ist gut, ich bestelle unterdessen noch eine Runde", erwiderte Daniel nichtsahnend. Anubis blickte seinem zukünftigen Ich noch ein letztes Mal tief in die Augen, dann marschierte er eilenden Schrittes zur Toilette. Inzwischen hatte sich schon sein gesamter linker Arm in *Nichts* aufgelöst.

„Verdammt, was ist da los?" dachte er entsetzt. Doch innerlich kannte er die Antwort bereits.

„Deine Besuchszeit in dieser Welt ist leider abgelaufen, du musst zurück", vernahm er die telepathische Botschaft einer vertrauten Stimme. Es war diejenige von Amelie, seiner überirdischen Lehrerin. Plötzlich ging alles ruckzuck. Innerhalb weniger Sekunden dematerialisierte sich Anubis' gesamter Körper und verschwand lautlos aus der Zukunft.

Seine beiden Freunde Johann und Daniel erfuhren zu ihren Lebzeiten nie, was an jenem denkwürdigen Tag mit ihrem Begleiter tatsächlich geschehen war. Denn als sie ihn etwas später überall verzweifelt suchten, fanden sie ihn weder auf der Toilette noch sonst irgendwo eine Spur von ihm. Speziell Daniel konnte die rätselhafte Begegnung mit Anubis zeitlebens nicht vergessen.

Obschon er natürlich nicht die leiseste Ahnung hatte, dass er vor seinem jetzigen Leben diesem Treffen höchstpersönlich zugestimmt hatte. Aber das ist eine andere Geschichte, die alleine für sich ein ganzes Buch füllen würde ...

Zurück in der Gegenwart

Während der alte Johann und sein Neffe Daniel die Welt nicht mehr verstanden, hatte sich Anubis mittels Teleportation schon längst wieder zurück in die Gegenwart begeben. Die Zeitreise dauerte auch diesmal nicht länger als ein paar Sekunden, obwohl diese sich für Anubis wie eine halbe Ewigkeit anfühlte.

„Na, mein Freund, wie hat dir der hübsche, kleine Ausflug in die Zukunft gefallen?", begrüsste ihn Amelie, das quirlige Engelwesen, mit einem neugierigen Schmunzeln auf den Lippen.

„Wie? Was?", stammelte Anubis leicht verwirrt. Es dauerte eine Weile, bis er sich in der Gegenwart wieder einigermassen zurechtfand. Er sass immer noch in derselben Stellung im Lotussitz auf dem samtweichen, moosbedeckten Boden der Höhle. Äusserlich machte es den Anschein, als wäre er gar nie weg gewesen. Selbst seinen persönlichen Akasha-Kristall umklammerte er immer noch fest mit beiden Händen, als wäre dieser sein einziger Rettungsanker in dieser verrückten, dafür aber äusserst abenteuerlichen Astralwelt.

„Alles ist gut, du kannst dich jetzt wieder entspannen", beruhigte ihn Amelie. „Ich musste dich leider wieder irgendwie hierher zurückverfrachten. Denn bald solltest du wieder zurückkehren in deinen materiellen Körper auf der Erde, wo du momentan friedlich in deinem Bett liegst und schläfst. Astralreisen dürfen für ungeübte Menschen nie zu lange dauern, ansonsten könnte die Lebensenergie vorzeitig aufgebraucht werden, was unweigerlich den physischen Tod bedeuten würde. Und das ist ja eigentlich nicht der Sinn der Sache."

„Ich verstehe", nickte Anubis erschöpft, „in diesem Fall müssen wir uns jetzt wohl oder übel voneinander verabschieden, sehe ich das richtig?"

„Ja, aber vorher möchte ich dir noch etwas Wichtiges mitteilen, was deine Zukunft in diesem Leben auf der Erde betrifft."

„Oh, sehr gerne. Solange es sich nicht um eine negative Botschaft mit irgendwelchen traumatischen Folgen handelt."

„Das hoffe ich natürlich nicht, aber ich muss dich trotzdem vorwarnen", erklärte Amelie in ungewöhnlich ernsthaftem Tonfall. Nach einer kurzen Pause fuhr sie bedächtig fort. „Es geht um Folgendes: Wie du weisst, wirst du jetzt dann zurückkreisen in deine vertraute, dreidimensionale Welt, die in gewisser Weise immer dunkler wird. Deine Aufgabe besteht darin, dich sozusagen mitten ins Herz all dieser dunklen Machenschaften zu begeben und so viel wie möglich aufzudecken, um anschliessend die breite Öffentlichkeit über diese im geheimen geschmiedeten Pläne informieren zu können."

„Hmm, das tönt irgendwie nach einer ziemlich kniffligen Mission", meinte Anubis skeptisch, „aber ich bin leider nicht gerade der Typ eines wagemutigen Draufgängers, der für so etwas wohl besser geeignet wäre."

„Das ist eben genau der Vorteil, denn für diese heikle Aufgabe braucht es einen smarten Kerl mit Herz und gesundem Menschenverstand, und nicht irgendeine hirnlose, ferngesteuerte Kampfmaschine."

„Könnte ich jetzt auch einfach Nein sagen, wenn ich

keinen Bock darauf hätte? Oder ist das eine Art Befehl?"

„Selbstverständlich darfst du Nein sagen. Der freie Wille des Menschen darf niemals in irgendeiner Weise beeinflusst werden, so lautet das Gesetz in den höheren Welten."

„Okay, hat mich bloss Wunder genommen", grinste Anubis verschmitzt, „wenn das so ist, dann nehme ich den Auftrag an und werde ihn nach bestem Wissen und Gewissen ausführen, im Namen von … ähm…"

„… im Namen der Wahrheit, der Weisheit und des ewig scheinenden Lichts, das alle Universen erhellt", beendete Amelie den Satz feierlich.

„Cool, dann werde ich jetzt mal ein bisschen Agent spielen und all die machtgeilen Kontrollfreaks gehörig in den Arsch treten, die meinen, ihnen gehöre die Welt."

„Sehr schön, das hört sich doch schon viel besser an", freute sich Amelie, „denn wie du bereits ahnst, wirst du einer jener mutigen Zeitgenossen sein, die sich gegen die weltweite Diktatur zur Wehr setzen. Du weisst ja, was dir Daniel in der Zukunft über die Vergangenheit, also die derzeitige Gegenwart, erzählt hat."

„Meinst du die *Revolution des Bewusstseins*, oder wie das hiess?"

„Genau, und du wirst in diesem ganzen Prozess eine zentrale Rolle spielen, also mach dich schon mal auf etwas gefasst. Aber vergiss nie, dass du von unserer Seite her beschützt und geführt wirst. Also, immer schön locker bleiben, auch wenn es zwischendurch ein bisschen ungemütlich werden könnte."

„Du hast gut reden", meinte Anubis nüchtern, „wenn ich an so einem friedlichen Ort wie hier leben würde, dann hätte ich vermutlich auch so eine Engelsgeduld –

im wahrsten Sinne des Wortes –, und könnte alles locker nehmen. Aber ich muss jetzt wieder runter auf diese düstere Erde, wo ich gezwungen werde, eine neue Runde Mensch-ärgere-dich-nicht zu spielen, ob ich will oder nicht."

„Es mag zwar stimmen, dass wir es in der höheren Astralwelt einfacher haben", besänftigte ihn Amelie, „aber denke immer daran, dass es ein Privileg ist, auf der Erde alle möglichen Erfahrungen sammeln zu dürfen. Unzählige Seelen stehen hier sozusagen Schlange, weil sie das einzigartige Abenteuer Erde ebenfalls mindestens einmal in ihrer kosmischen Laufbahn erleben möchten. Aber weil der Planet zurzeit hoffnungslos überbevölkert ist, müssen viele von ihnen abwarten, bis sich eine günstige Gelegenheit ergibt. Abgesehen davon sind sogenannte Engelwesen wie ich, die noch niemals als Mensch inkarniert waren, unheimlich stolz auf euch. Denn natürlich sehen wir, wie ihr euch an vorderster Front abmüht, und wir bewundern jede einzelne Seele für ihren Mut, sich diesen Strapazen immer wieder freiwillig auszusetzen."

Nach dieser Erklärung dämmerte es Anubis allmählich. Plötzlich erkannte er, dass ein durchschnittliches Menschenleben nicht etwa eine Bestrafung oder etwas Ähnliches war, sondern vielmehr eine enorme Chance, um sich weiterzubilden und seinen Horizont zu erweitern. Bei dieser Erkenntnis durchströmte ihn ein befreiendes Gefühl der Dankbarkeit. Gleichzeitig spürte er, wie eine ungeheure Welle der Motivation und des Tatendrangs sein gesamtes Wesen erfasste.

„Ich glaube, meine geistige Verstopfung hat sich soeben gelöst, denn mir ist gerade einiges klar geworden", sagte Anubis nachdenklich, „von dem her war dieser Abstecher in die Astralwelt beziehungsweise in die Zukunft sehr aufschlussreich. Du glaubst gar nicht, wie dankbar ich dir dafür bin, dass du mir diese tolle Erfahrung überhaupt erst ermöglicht hast. Jetzt bin ich bereit, von der heiligen Akasha-Kristallhöhle hier direkt in die finstere Höhle des Löwen irgendwo auf der Erde zu marschieren, was auch immer das genau bedeuten mag."

Amelie lächelte ihren menschlichen Schüler voller Bewunderung an. „Es freut mich unheimlich, dass du aus unserer Begegnung die notwendigen Lehren ziehen konntest. Nun geht es in erster Linie darum, dieses Wissen auch in der Praxis anzuwenden und standhaft zu bleiben, wenn man dich mit irdischen Verlockungen wie Geld, Ruhm und Macht manipulieren will. Mach's gut, mein lieber Freund, wir sehen uns wieder."

„Nochmals vielen herzlichen Dank für alles, liebste Amelie", flüsterte Anubis zu Tränen gerührt. Dann umarmten sich die beiden Wesen aus verschiedenen Welten voller Zuneigung, und noch während dieser Umarmung entschwand Anubis' ätherischer Astralkörper plötzlich auf mysteriöse Weise. Das unsichtbare Band, die sogenannte Silberschnur, die seinen frei herumschwebenden Geist über den Bauchnabel mit seinem physischen Körper verband, zog ihn unweigerlich zurück zur Erde.

Kurz darauf klingelte der Wecker und Anubis erwachte leicht verwirrt aus seinem vermeintlichen Traum. Doch innerlich wusste er ganz genau, dass alles wirklich exakt so geschehen war, denn er konnte sich noch detailliert an alle Einzelheiten dieser nächtlichen, fantastischen Reise erinnern. Wie als Beweis hörte er durch das halboffene Fenster, wie unten auf der Strasse eine gestresste Mutter ihrem Kind zurief: „Amelie, beeile dich. Sonst kommst du wieder zu spät zur Schule!"

Neugierig sprang Anubis aus dem Bett, um nachzuschauen, was da los war. Zwischen den Vorhängen hindurch erblickte er ein kleines, blond gelocktes Mädchen, das seiner Mutter widerwillig hinterhertrottete.

„Amelie", murmelte er leise vor sich hin, während ein verträumtes Lächeln über sein Gesicht huschte. Wie er richtig vermutete, huschte exakt zum selben Zeitpunkt ebenfalls ein stilles Lächeln über ein anderes Gesicht. Und zwar über dasjenige der himmlischen Amelie, die ihm diesen Morgengruss als Zeichen geschickt hatte, um allfällige Zweifel zu beseitigen. Das war ihr hiermit auch erfolgreich gelungen.

Fennek der Wüstenfuchs

An diesem strahlend schönen Morgen wusste Anubis instinktiv, was er als Nächstes zu tun hatte: Er musste sich irgendwie in den inneren Kreis dieses obskuren Geheimbundes einschleusen, dessen eingeweihtes Führungsmitglied – neben anderen Personen, die diese Funktion hatten – Mister X war. Um das zu erreichen, war er auf die Hilfe seines Bruders Charon, oder besser gesagt Hades, angewiesen.

Darüber, wie er dieses schwierige Unterfangen am besten in die Tat umsetzen sollte, machte sich Anubis keine grossen Gedanken. Denn die nächtliche Abenteuerreise hatte ihn auf geheimnisvolle Weise verändert. Aus dem normalerweise zurückhaltenden, eher menschenscheuen jungen Mann war nun plötzlich eine Art Superman geworden. Das heisst, äusserlich sah er natürlich immer noch gleich aus. Seine geistigen Fähigkeiten hingegen hatten sich um ein Vielfaches verstärkt.

Zu diesem Zeitpunkt wusste er aber selber noch nicht so genau, welche verborgenen Kräfte die gute Amelie in seiner DNA aktiviert hatte. Jedenfalls sprühte er geradezu vor Energie und Tatendrang. Mit Sicherheit wusste Anubis nur, dass er sich nun hundertprozentig in der Lage fühlte, dieser beknackten neuen Weltordnung den Kampf anzusagen.

Obschon Anubis in einer einzigen Nacht so unglaublich viel erlebt hatte, waren seit dem fiesen Wohnungseinbruch nach irdischer Zeit gemessen noch nicht einmal vierundzwanzig Stunden verstrichen. Natürlich wusste er ganz genau, dass es sich bei dieser Aktion in Wahrheit lediglich um einen hinterhältigen Racheakt des gekränkten Mister X gehandelt hatte. Schliesslich hatte Anubis den mächtigen Mann zwei Tage zuvor in seinem Stolz verletzt, als er ihm eine Absage bezüglich seiner Anfrage, ob er sein persönlicher Assistent werden wolle, erteilt hatte.

„Na warte, Bürschchen", dachte Anubis fest entschlossen, „dir und deinem sauberen Verein werde ich schon noch eine Lektion erteilen. Und zwar, indem ich euch mit euren eigenen Waffen schlage."

Ideen, wie er diese heikle Mission erfolgreich anpacken könnte, sprudelten nur so aus ihm heraus. Es war beinahe so, als würde er von einer höheren Instanz geführt. Anubis wollte diesen Schurken unbedingt das Handwerk legen, das Feuer der Leidenschaft in seinem Inneren loderte mit jeder Sekunde stärker. Also ging er sogleich hinüber zum Zimmer seines Bruders und klopfte sachte an die Tür.

„Charon, bist du schon wach? Ich muss dringend mit dir reden. Keine Sorge, Mutter ist nicht da ... und die Polizei auch nicht."

„Du sollst mich nicht mehr Charon nennen, sondern nur noch Hades", kam die mürrische Antwort aus dem verriegelten Raum. „Wann kapierst du das endlich? Ich bin Hades, der Rächer des Bösen."

„Du bist höchstens ein Diener des Bösen", hätte Anubis am liebsten gesagt, „und ein naiver Trottel dazu." Doch klugerweise schwieg er und verkniff sich diesen bissigen Kommentar. Im selben Augenblick hörte er schlurfende Schritte und kurz darauf öffnete sein fehlgeleiteter Bruder die Tür. „Was willst du?", knurrte er angepisst wie immer.

„Ich will mit Mister X sprechen. Du musst mich zu ihm führen."

„Weshalb sollte ich das tun?"

„Weil ich dem Geheimbund beitreten will, deshalb."

„Wie bitte? Du willst mich wohl verarschen, kleiner Bruder?", schnaubte Hades mit leicht verächtlichem Unterton. Doch nachdem er die Fassung wiedergewonnen hatte, brach er plötzlich in schallendes Gelächter aus. „Haha, du bist vielleicht ein Witzbold", winkte er mit einer abweisenden Handbewegung, „das ist kein Spiel für unbeholfene Kinder, sondern bitterer Ernst. Du würdest dir dabei gelinde gesagt bloss die Finger verbrennen, also lass es lieber sein. Abgesehen davon bist du sowieso viel zu gutmütig für diese verbrecherischen Kreise. Glaube mir, diese skrupellosen Typen würden dich seelisch zerfleischen. Denn im Gegensatz zu mir fehlt dir der notwendige Killerinstinkt. Die unerschrockene, gnadenlose Strassenkötermentalität, verstehst du?"

„Das mag sein, Hades", erwiderte Anubis ungerührt, „trotzdem möchte ich mit diesem Kerl unter vier Augen sprechen."

Am ungewohnt starren Blick seines Bruders erkannte Hades, dass er es absolut ernst meinte.

„Na schön, wenn du unbedingt willst", willigte er achselzuckend ein, „dann werde ich dich eben zu ihm führen. Allerdings auf deine eigene Verantwortung, damit wir uns richtig verstehen. Heute Nachmittag habe ich sowieso ein geheimes Treffen mit dem Boss. Ich vermute, er hat einen neuen Auftrag für mich und meine Jungs auf Lager."

Tatsächlich erhielt Anubis dank der Vermittlung seines Bruders noch am selben Nachmittag die heiss ersehnte Gelegenheit, die geisterhafte Gestalt mit dem wahnsinnig originellen Pseudonym Mister X zum zweiten Mal innert kürzester Zeit zu treffen. Dieses Mal in dessen geheimem Unterschlupf, der sich in einem alten Lagerhaus im entlegenen Industriequartier der Stadt befand.

„Na, sieh mal einer an", begrüsste Mister X den äusserlich unscheinbaren Burschen in einem zynischen, ja geradezu genüsslich spöttischen Tonfall, „mein cleverer Freund aus dem Elendsviertel. Was kann ich für Sie tun, eure Majestät?"

„Du könntest mir zum Beispiel erklären, weshalb deine Schergen die Wohnung meiner Mutter zerstört haben", konterte Anubis trocken. Mister X glotzte ihn einen Augenblick lang überrumpelt an, da er nicht mit einem derartigen Frontalangriff gerechnet hatte. Leicht verlegen streckte er Anubis versöhnlich die Hand entgegen. Seine Stimme war auf einmal zuckersüss, als er säuselte: „Ich weiss zwar nicht, wovon du sprichst, Junge Aber nenn mich ab jetzt doch einfach Fennek, das ist nämlich mein richtiger Name. Abgesehen davon tönt das nicht so kindisch wie Mister X."

Mit dieser etwas unbeholfenen Geste wollte er natürlich unauffällig vom Thema ablenken, wobei er Anubis' Scharfsinn erneut unterschätzte.

„Ein Fennek ist doch ein nordafrikanischer Wüstenfuchs, wenn ich mich nicht täusche", erwiderte Anubis mit emotionsloser Miene. „Das soll dein bürgerlicher Name sein? Ist das etwa schon wieder so eine dreiste Lüge? Aber na schön, dann werde ich dich von jetzt an eben Fennek nennen, wenn du das weniger kindisch findest."

Allmählich gewann Mister X alias Fennek, der schlaue Wüstenfuchs, die Fassung wieder. Obwohl er sich selber nicht erklären konnte, weshalb er sich von diesem dürren jungen Burschen, der altersmässig sein Sohn hätte sein können, derart abkanzeln liess. Trotz seines nach aussen normalerweise stets souveränen Auftretens spürte Fennek, wie sein Blut nun in Wallung geriet.

„Jetzt hörst du mir mal gut zu, du halbe Portion", fauchte er herrisch, „wenn dir dein mickriges, belangloses Leben lieb ist, dann würde ich an deiner Stelle die Zunge ab jetzt ein bisschen besser in Schach halten. Haben wir uns verstanden? Und nun hast du genau dreissig Sekunden Zeit, um mir mitzuteilen, was zur Hölle du überhaupt von mir willst."

„Ich will in den Geheimbund eintreten", kam die Antwort wie aus der Pistole geschossen.

Wiederum starrte ihn Fennek völlig überrumpelt an.

„Du hast doch neulich gesagt, dass du einen Assistenten gebrauchen könntest", fuhr Anubis unbekümmert fort, „und nach reiflicher Überlegung bin ich zu dem weisen Entschluss gekommen, dass dies der ideale Posten für mich wäre."

„Vergiss es, Hosenscheisser!", zischte Fennek verächtlich. „Oder denkst du etwa, ich weiss nicht, dass du ein Spion bist? Die Bullen haben dich angeheuert, gib's zu. Dieser trottelige Kommissar Grünspecht will mich wohl für dumm verkaufen."

„Nein, das stimmt nicht", versicherte ihm Anubis energisch, „ich schwöre dir, dass mich weder die Polizei noch sonst jemand beauftragt hat. Ich bin aus freien

Stücken hier, weil ich mit meinem Leben endlich etwas Sinnvolles anfangen will. Deshalb würde eine Position am Puls des Weltgeschehens genau meinen Wünschen entsprechen, verstehst du?"

Fennek blickte ihn misstrauisch an. Doch nach ein paar Sekunden entspannte sich sein finsterer Gesichtsausdruck ein wenig.

„Tja, das kann ich in der Tat gut verstehen", sprach er in deutlich milderem Tonfall, „denn mir ging es damals genauso, als ich in deinem Alter war und mich in einer ähnlichen Situation befand wie du gerade eben. Doch damals ahnte ich noch nicht, dass diese Entscheidung mein gesamtes Leben komplett auf den Kopf stellen würde."

„Wirklich?", fragte Anubis mit aufrichtiger Neugier. „Was ist denn damals genau passiert?"

„Eines schönen Tages hat mich mein etwas verschrobener Onkel an eine angeblich streng geheime Versammlung mitgenommen, die bis heute einmal im Jahr stattfindet", schwelgte Fennek in nostalgischen Erinnerungen. „Dort haben mich die Mitglieder, allesamt ältere Männer, offiziell als Nachwuchs rekrutiert. Denn das geheime Wissen in diesem Bund wird mit äusserster Sorgfalt von Generation zu Generation weitergegeben. Aber natürlich nur an eingeweihte Personen, die zuerst einen Treueeid ablegen müssen."

„Das alles tönt sehr aufregend", meinte Anubis mit gesenktem Blick. Er traute sich nicht, dem gestandenen Mann direkt in die Augen zu schauen, denn seine anfängliche Zuversicht war mittlerweile einem mulmigen Gefühl von innerem Widerwillen gewichen.

Er wollte keinen Treueeid schwören, und schon gar nicht für eine so teuflische Sache wie die neue Weltordnung. Am liebsten wäre er einfach wieder nach Hause gegangen, um sein altes, vertrautes Leben wie bisher weiterzuführen. Schon die blosse Vorstellung, seine gewohnte Komfortzone verlassen zu müssen, behagte Anubis überhaupt nicht. Doch zugleich wusste er tief in seinem Inneren, dass er sich auf einer höheren Ebene zu dieser Mission verpflichtet hatte und dass es kein Zurück mehr gab.

„Deine Aufgabe besteht darin, dich mitten ins Herz all dieser dunklen Machenschaften zu begeben und so viel wie möglich aufzudecken", erinnerte er sich an Amelies prophetische Worte, die ihm wieder Mut machten.

„Du hast unwahrscheinliches Glück, Junge", riss ihn der inzwischen beinahe fürsorgliche Fennek aus seinen zweifelnden Grübeleien, „denn in wenigen Tagen findet an einem geheimen Ort das alljährliche Treffen unserer hübschen kleinen Vereinigung statt. Wenn du genügend Mumm in den Knochen hast, werde ich dich mitnehmen und den anderen Mitgliedern vorstellen. Was hältst du von dieser Idee?"

Anubis blickte sein Gegenüber erschrocken an und sein Puls begann vor Aufregung wie wild zu rasen. Doch gleichzeitig versetzte ihm diese sonderbare Mischung aus Angst und Neugier einen gewaltigen Adrenalinschub.

„Oh, das wäre wirklich toll", stammelte er zögerlich, „aber … ich meine …"

„Ach, du brauchst dir keine Sorgen zu machen", lachte der Wüstenfuchs amüsiert, „das ist alles halb so schlimm. Auch ich habe mir damals beinahe in die Hosen gemacht, als mich mein Onkel zum ersten Mal mitgeschleppt hat, aber ich habe diesen Schritt bis heute nie bereut. Also, bist du dabei?"

„Ähm ... ja, natürlich bin ich dabei", entgegnete Anubis schliesslich ein wenig selbstbewusster, „ist doch Ehrensache."

„Sehr gut, so gefällst du mir schon besser", lobte ihn Fennek, während er seinem Zögling anerkennend auf die Schulter klopfte.

So kam es, dass Anubis wie prophezeit in eine neue, ihm völlig fremde Welt eintauchte, die sein Leben schon bald dramatisch verändern sollte ...

Novus ordo mundi –
Die neue Weltordnung

Bereits ein paar Tage später befand sich Anubis wie geplant mitten in der Höhle des Löwen, und zwar in einem wunderschönen, luxuriösen Fünf-Sterne-Hotel, das von einer gepflegten Parkanlage umgeben war. Doch die fast schon romantische Idylle täuschte gewaltig, denn als Anubis zusammen mit Fennek sowie zwei weiteren hochrangigen Männern in einer gepanzerten Limousine mit verdunkelten Fenstern vorfuhr, wurden sie bereits erwartet. Und dieser Empfang war alles andere als herzlich. Vor dem von diversen Sicherheitsleuten abgeriegelten Hotelkomplex hatte sich nämlich eine kleine Gruppe von Friedensaktivisten versammelt, die lautstark gegen das nirgendwo offiziell angekündigte Treffen dieser äusserst zwielichtigen Gesellschaft protestierten. Wie jedes Jahr war es den Gegnern auch diesmal gelungen, den geheimen Ort der dreitägigen Konferenz der sogenannten Weltelite ausfindig zu machen.

„Ihr könnt uns nicht versklaven", brüllte einer der Demonstranten auf das Auto ein, als ob seine Stimme durch das kugelsichere, geschlossene Fahrzeugfenster zu hören gewesen wäre.

„Wir kennen eure wahren Absichten und werden die Bevölkerung aufklären."

Als der schreiende Typ aufgebracht mit der Faust gegen das im Schritttempo fahrende Auto schlug, wurde er ruckzuck von einem bulligen Sicherheitsbeamten weggezerrt. Eine junge Frau filmte aus dem Hintergrund die ganze Szene.

„Wir werden diesen Film ins Internet stellen, damit die ganze Welt sehen kann, wer ihr verlogene Sklaventreiber in Wirklichkeit seid", rief jemand anderes, der sich mitten im Chaos befand.

„Siehst du, mein Junge", seufzte Fennek theatralisch, „genau deshalb müssen wir irgendwie erreichen, dass dieses verdammte Internet endlich zensiert wird. Denn sobald die Leute die ganze Wahrheit erfahren, werden sie gegen alles Mögliche rebellieren. Wenn wir die Menschheit jedoch rechtzeitig in den Griff kriegen, wird eine Rebellion genauso unvorstellbar sein wie ein Aufstand einer Schafherde gegen ihren Hirten."

„Und wie wollt ihr das hinkriegen?", fragte Anubis kleinlaut.

„Ach, daran arbeiten wir bereits seit Längerem", lachte der Mann auf dem Beifahrersitz boshaft, während er die Aktivisten mit einer verächtlichen Handbewegung ignorierte. „Wir brauchen nicht mehr lange, dann wird das Volk auch diese Beschränkung willig akzeptieren, ohne diese überhaupt bewusst zu realisieren."

Mittlerweile hatte die schwarze Limousine den abgesperrten Bereich des Hoteleingangs erreicht. Verstohlen blickte Anubis noch ein letztes Mal zurück durch das hintere Fenster. Er sah gerade noch, wie zwei Leute ein selbst bemaltes Plakat mit folgender Aufschrift in die Höhe hielten: *Hor(ror)oskop Menschheit: Laborratte. Aszendent: Versuchskaninchen. Stoppt die Sklaverei.* Anubis versuchte, das überaus beklemmende Gefühl – so gut es eben ging – zu überspielen. Er durfte sich auf keinen Fall anmerken lassen, dass er, der einsame Wolf, eigentlich auf der Seite der freiheitsliebenden Aktivisten war. Doch nun hatte er sich bereits mehr oder weniger erfolgreich in diese Kreise eingeschleust und es gab kein Zurück mehr. Ausserdem war er ja jetzt ein selbsternannter Geheimagent und nicht etwa ein *Geh-Heim-Agent*.

Nachdem auf dieselbe dekadente Weise ungefähr ein Dutzend Limousinen eingetroffen waren, wurde die diesjährige Versammlung schliesslich für eröffnet erklärt. Unter den etwa 120 Anwesenden befanden sich viele bekannte sowie einige weniger bekannte Gesichter aus der ganzen Welt. Darunter waren nicht nur Spitzenpolitiker, Wirtschaftsleute, Grossbankiers und sonstige ranghohe Manager von internationalen Grosskonzernen, sondern überraschenderweise auch Mitglieder von Adelsfamilien.

Kurz gesagt: allerlei Menschen, welche die wichtigsten Schaltstellen des Weltgeschehens besetzten. Anubis versuchte angestrengt, sich in diesem unsichtbaren Netz von miteinander verwobenen Gruppierungen einigermassen zurechtzufinden. Wie ein verlorenes Kind heftete er sich an die Fersen von Mister X alias Fennek, den man in diesen gehobenen Kreisen allerdings mit einem völlig anderen Namen ansprach. Anscheinend hatte sich dieser gerissene Fuchs für jede Gesellschaftsschicht einen anderen Namen zugelegt. Seine wahre Identität kannte vermutlich nur er selber.

Nach dem üblichen schleimigen Small Talk eröffnete schliesslich ein schlaksiger Kerl mit biederem Anzug die erste Runde der Tagung. Mittels modernster Computertechnologie wurden die diesjährigen Themen an die weisse Wand hinter diesem ersten Redner projiziert.

Die wie immer brisante Traktandenliste wurde unter dem diesjährigen Motto *Die Architektur der neuen Weltordnung: Projekt novus ordo mundi* zusammengefasst.

„Wie wir alle bestens wissen", begann der nicht besonders charismatische Oberguru seine Begrüssungsrede, „leben wir in einer ziemlich stürmischen Zeit des Umbruchs. Aber dies ist erst der Anfang, denn schon bald wird es auf diesem Planeten noch viel stürmischer zu- und hergehen. Die Welt ist im Wandel, und zwar genau nach unseren Plänen. Denn wir sind die Elite, die Architekten der neuen Weltordnung."

Die Leute im Saal applaudierten begeistert. Alle, ausser Anubis. Danach fuhr der Wolf im Schafspelz am Rednerpult seelenruhig fort, als würde er gerade über das Wetter plaudern.

„Europa und Amerika befinden sich bereits im eisernen Griff unserer edlen Vereinigung diverser Geheimbünde. Damit auch die restliche Welt diesem Beispiel folgen wird, müssen wir jedoch schwerere Geschütze auffahren. Zunächst werden wir in Europa den sorgfältig eingefädelten Kollaps herbeiführen. Ein Land nach dem anderen werden wir in schwere soziale Unruhen stürzen. Ganz am Schluss ist dann die widerspenstige Schweiz an der Reihe, aber die brauchen wir momentan noch. Denn schliesslich haben wir all unser schönes Geld dort gebunkert."

Die Zuhörer lachten amüsiert, obschon das eben Gesagte alles andere als ein Witz war, sondern bitterer Ernst. Anubis schauderte es vor Abscheu und Furcht, denn wenn sich diese Prognosen tatsächlich alle bewahrheiten sollten, dann befand sich die Welt zurzeit am Rande der totalen Versklavung und Zerstörung.

Allmählich begriff er mit Schrecken, dass die Erde seit langer Zeit absichtlich in einem Zustand ständiger Unruhe gehalten wurde und dass alle bedeutenden weltpolitischen Ereignisse minutiös von langer Hand geplant wurden. Und nun befand er sich mitten im globalen Machtkampf dieser offensichtlich von Grössenwahn und Machtgier verblendeten Elite.

„Und dann, wenn wir über die Massenmedien, die bekanntlich sowieso alle in unserer Hand sind, genügend Panik verbreitet haben", setzte der Sprecher seine unheilverkündende Rede fort, „wird es in einigen Gebieten mit ziemlicher Sicherheit zu bürgerkriegsähnlichen Zuständen kommen. Sobald wir die verschiedenen Völker, Religionen und politischen Parteien genügend gegeneinander aufgehetzt haben, schieben wir vielleicht noch eine inszenierte Pandemie dazwischen. Dann setzen wir sämtliche Regierungen unter Druck, damit sie das Notrecht verhängen. Anschliessend können wir in aller Ruhe die in der Verfassung verankerten Grundrechte nach Belieben ändern. Der nächste Schritt wird dann die Schaffung eines zentralisierten, landesübergreifenden Polizeistaats sein. Damit sind wir dann in der vorteilhaften Lage, sämtliche Personen, die sich der von uns diktierten neuen Weltordnung widersetzen, ganz legal zu verhaften."

„So wie dieses lausige Pack von naiven Möchtegern-Weltverbesserern da draussen, die ständig herumlungern und uns in die Quere kommen", warf einer der Zuhörer lauthals in die Runde, worauf er von seinen *Amtskollegen* ein anerkennendes Murmeln erntete.

„Genauso ist es, mein lieber Freund", ergriff der Moderator wieder das Wort, „dann können wir diesen widerlichen Abschaum endlich beseitigen. Im Namen der allgemeinen Sicherheit werden demnach sämtliche Querdenker weggesperrt und mit einem implantierten Mikrochip versehen. Und falls sich jemand weigern sollte, die ihm auferlegte Zwangsarbeit für den Staat pflichtgemäss zu erledigen, dann – zack – können wir ihn mittels eines einzigen Knopfdrucks sauber eliminieren. Durch einen im Mikrochip implantierten elektronischen Sicherheitsmechanismus wird der ungehorsame Arbeitsroboter augenblicklich getötet, was gegen aussen wie ein ganz normaler Herzinfarkt aussieht. Sobald wir einmal an diesem Punkt angelangt sind, haben wir die totale Kontrolle über die Menschheit erlangt. Und genau deshalb ist es von äusserster Wichtigkeit, dass zukünftig bereits Kleinkinder eine elektronische Datenbank in Form eines Mikrochips eingepflanzt kriegen. Eine klitzekleine Impfung für die Menschen, aber ein riesengrosser Schritt für die alles kontrollierende Elite. Mit diesen Massnahmen soll das gewöhnliche, unwissende Fussvolk immer tiefer ins Animalische gezogen werden, damit die zu unseren Zwecken herangezüchteten Kreaturen nur noch existieren, um zu arbeiten und zu konsumieren. Im Gegenzug werden unsere eingeweihten Leute sämtliche wichtigen Stellen besetzen. Dies gilt hauptsächlich für die im Aufbau begriffenen Organisationen wie die einheitliche Weltregierung, die zukünftige Weltbank sowie die geplante Weltarmee."

Mit diesen unheilschwangeren Worten schloss der äusserlich unscheinbare Mann seinen Vortrag und setzte sich wieder auf seinen Stuhl.

Die Mitglieder der Geheimorganisation klatschten dezent, nur Anubis fühlte sich hundeelend. Er musste an die mutigen Aktivisten denken, die draussen ausharrten, aber selbst absolut gar nichts gegen diesen diabolischen Bund ausrichten konnten. Doch genau in diesem niederschmetternden Augenblick passierte etwas Eigenartiges mit ihm. Seine eben noch lähmende Hoffnungslosigkeit transformierte sich auf einmal in pulsierende Wut. Diese Wut wiederum kanalisierte sich in einem ungeheuren Schub jugendlichen Tatendrangs.

„Na wartet, ihr elenden Schweinebacken", dachte Anubis mit verbissener Entschlossenheit, „euch werde ich die Suppe schon noch versalzen."

Obwohl er nicht die geringste Ahnung hatte, wie er das am besten anstellen sollte, durchströmte ihn plötzlich ein unerklärliches Gefühl von geradezu elektrisierender Zuversicht.

„Schaut alle her", hätte er am liebsten laut herausposaunt, „ich bin Anubis, der einsame Wolf. Und ich kämpfe allein gegen die neue Weltordnung, bis zum bitteren Ende!"

Während er sich mental bereits auf die garantiert zu erwartenden Konflikte einstellte, erhob sich Fennek, der bisher still neben ihm gesessen hatte, ganz plötzlich. Mit ein paar gefalteten Blättern Notizpapier in der Hand marschierte er zielstrebig zum Rednerpult. Dies war also sein grosser Auftritt, den er im Vorfeld kurz angesprochen hatte. Anubis spitzte die Ohren und beobachtete gespannt, wie Fennek souverän, mit beeindruckender Lässigkeit zu seiner vorbereiteten Rede ansetzte. Anubis war sich immer noch nicht ganz sicher, ob er diesen auf verdrehte Art und Weise irgendwie freundlichen Mann nun sympathisch oder doch eher verabscheuungswürdig finden sollte.

Ebenso wenig wusste Anubis, ob Fennek nun zum inneren Kreis dieser Organisation gehörte oder ob es sich bei ihm bloss um ein unbedeutendes Mitglied mit begrenztem Wissen handelte. Auf jeden Fall präsentierte sich der Wüstenfuchs der lauschenden Menge selbstsicher wie immer.

„Ich werde gleich nahtlos an die Themen meines Vorgängers anknüpfen", begann er mit seiner tiefen, fesselnden Stimme, „und zwar möchte ich kurz etwas näher beleuchten, wie wir neben den bekannten Methoden noch zusätzliche einsetzen können, um die Menschheit noch weiter zu dezimieren. Wie bereits in den letzten paar Jahrzehnten werden wir auch weiterhin damit fortfahren, diverse chemische Tests mit radioaktiven Substanzen durchzuführen, selbstverständlich an ahnungslosen Bürgern, Soldaten und Kindern. Ebenfalls wird auch zukünftig das Trinkwasser mit Natriumfluorid und Impfstoffe werden mit Quecksilber versetzt werden. Auch der Anteil von Aluminium in sämtlichen Kosmetikprodukten sowie von Fluor in Dentalprodukten soll unter dem Vorwand der Kariesreduktion nicht reduziert werden. Diese Nachricht dürfte vor allem die Ärzte, Zahnärzte und Vertreter der Pharmaindustrie unter uns freuen. Denn wie wir alle wissen, sind Stoffe wie Aluminium, Quecksilber, Fluoride, Aspartam und so weiter hochgiftig für den menschlichen Organismus. Vor allem dann, wenn sie sich im Körper miteinander verbinden. Somit wird es auch in Zukunft mehr als genug kranke Menschen geben, an denen wir jeweils unsere neusten Medikamente testen können. Abgesehen davon können dadurch all die fluorhaltigen Giftabfälle, die von der Phosphatindustrie anfallen, elegant über die vielzitierte Trinkwasserfluoridierung entsorgt werden – und das erst noch mit Profit. Denn wir dürfen niemals vergessen: Die Kinder von heute sind unsere Kunden von morgen. Parallel dazu entwerfen unsere fleissigen Forscher pausenlos neue Viren mit den dazugehörigen Impfprogrammen, billige Designerdrogen und vieles mehr in den hochmodernen Laboratorien, die wir eigens für diese Zwecke errichtet haben. Je stärker die Bevölkerung zur lebenden Sondermülldeponie verkommt, desto besser für uns."

Anubis konnte nicht fassen, was er da gerade zu hören bekam. All diese an der völlig ahnungslosen Menschheit begangenen Verbrechen erschienen ihm dermassen ungeheuerlich, dass er es schlichtweg nicht wahrhaben wollte. Doch Fennek fuhr mit seinen Erläuterungen munter fort.

„Natürlich werden wir sämtliche Nahrungsmittel auch in Zukunft als Waffe einsetzen. Die Leute sollen sich krank fressen und sich somit selber ausrotten, während wir daran noch verdienen. Es ist ja allgemein kein grossartiges Geheimnis mehr, dass wir gerade dabei sind, eine zombieartige Spezies heranzuzüchten, und zwar zur leichteren Handhabung. Das Ziel ist die totale Verdummung, womit wir schon beim nächsten Punkt angelangt wären, nämlich bei der Unterhaltungsindustrie. Wie jeder von uns weiss, sind Computerspielzeuge für Kinder und die sogenannten Smartphones für Jugendliche und Erwachsene die momentane Krönung der Manipulationspsychologie beziehungsweise der Massenkontrolle. All diese elektronischen Geräte nutzen gezielt bestimmte Frequenzen im menschlichen Gehirn, um niedere Emotionen zu stimulieren. Ich spreche hier nicht etwa von Fiktion, sondern von modernster militärischer Technologie. Die Wirkung dieser Strahlen ist ebenso extrem schädlich für den Organismus wie die giftige Industrienahrung, die ich vorhin kurz erwähnt habe. Wie ihr seht, sind unserer Fantasie keinerlei Grenzen gesetzt, um einen Grossteil der Weltbevölkerung geistig und körperlich schleichend, dafür mit einem schlussendlich maximalen Effekt, abstumpfen zu lassen. Je kaputter und verwirrter die Leute sind, desto eher werden sie die ihnen auferlegte Knechtschaft willig akzeptieren. Erstens bleibt ihnen sowieso nichts anderes übrig und zweitens präsentieren wir uns gegen aussen ja auch weiterhin als die freundlichen Helfer von nebenan, damit niemand Verdacht schöpft. Wenn wir an dieser Formel von Peitsche und Zuckerbrot festhalten, wird uns garantiert nie jemand auf die Schliche kommen. Und von jenem Tag an, an dem jedem neugeborenen Kind vorschriftsgemäss gleich ein Mikrochip eingepflanzt wird, wird es sowieso zu spät für jeglichen Widerstand sein. Denn bis dahin werden wir die neue Weltordnung schon längstens etabliert haben und jeden einzelnen Aspekt des Lebens kontrollieren. Tja, meine Freunde, so ist nun mal das Leben. Es gab schon immer Gewinner und Verlierer. In diesem Sinne, willkommen in unserem noblen kleinen Klub der Gewinner!"

Mit diesem überaus zynischen Schlusswort beendete Fennek seinen kurzen, aber erschütternden Bericht. Danach gab es eine kurze Pause. Wie benommen torkelte Anubis zum Ausgang, denn er musste dringend ein bisschen frische Luft schnappen. Mittlerweile war ihm völlig klar geworden, dass er – genau wie die meisten anderen Menschen – bisher in einer Art künstlich erzeugten Scheinwelt gelebt hatte, die einem praktisch vom ersten Atemzug an vorgegaukelt wird. Aber erst jetzt war ihm zum ersten Mal richtig bewusst geworden, dass die Menschheit gerade dabei war, sich sozusagen das eigene Grab zu schaufeln. Die Elite peilte also offiziell eine allgemeine Verdummung an, bis die grosse Masse nur noch aus irgendwelchen willenlosen, zombieartigen Kreaturen bestand. Aber war das denn eigentlich nicht schon längstens eingetroffen?

Anubis musste an all die vielen Menschen überall auf der Welt denken, die Tag und Nacht pausenlos wie besessen auf die Minibildschirme ihrer Smartphones und sonstigen Computer starrten. Diese krankhaft Technologiesüchtigen schnallten überhaupt nichts mehr. Und schon gar nicht, wer insgeheim eigentlich die Geschicke der Menschheit lenkte. Und das, obwohl wir im sogenannten modernen Zeitalter der Information und scheinbaren Aufklärung leben. Aber auch wenn sich schlussendlich jeder freiwillig diesem ununterbrochenen Medien-Overkill auslieferte, so trugen doch gewisse Kreise massgeblich dazu bei, dass die Leute vor lauter Konsumterror und Reizüberflutung allmählich verblödeten.

Die Grenzen zwischen Information und Desinformation waren von der cleveren Gehirnwäsche-Industrie im Laufe der Zeit auf perfide Weise verwischt worden. Beinahe jeder zweite Mensch lebte heutzutage in seiner eigenen, virtuellen Welt, bestehend aus irgendwelchen Bits, Mega-Bytes, Smartphone-Applikationen und weiss der Teufel was für idiotischem Social-Media-Schrott. Diese von der Unterhaltungsindustrie angebotenen Zufluchtsorte in Form von künstlichen Ersatzwelten mochten einerseits ja ganz bequem sein. Andererseits merkten genau deshalb nur die wenigsten, dass die von Krisen, Gier und Umweltzerstörung geschüttelte echte Welt sich immer mehr zum Schlechteren entwickelte. Und all das passierte direkt vor den Augen einer zunehmend selbstsüchtigen, oberflächlichen Spassgesellschaft, die frisch-fröhlich auf den Abgrund zusteuerte. Aber im Prinzip musste man all diesen gerissenen Repräsentanten des Establishments, die heimlich im Hintergrund agierten, gratulieren. Denn immerhin hatten sie in den letzten paar Jahrzehnten ausserordentlich hervorragende Arbeit geleistet. Der ausgebeutete Planet Erde war in kürzester Zeit ebenso erfolgreich zugrunde gerichtet worden wie die inzwischen völlig gestörte Spezies Mensch. Ganz zu schweigen von den Tieren. Denn was wir diesen unschuldigen Geschöpfen angetan haben, können wir bis in alle Ewigkeit nicht mehr gutmachen.

Anubis war dermassen in düstere Gedanken versunken, dass er gar nicht merkte, wie er draussen beim Hoteleingang die längste Zeit von einem Sicherheitsbeamten beobachtet wurde. Offenbar hielt ihn der schwer bewaffnete Kerl für einen Angestellten des Hotels.

„Die superreichen Damen und Herren der High Society da drin mögen es gar nicht, im Rampenlicht zu stehen", sagte er lässig Kaugummi kauend zu Anubis, „deshalb müssen wir rund um die Uhr dafür sorgen, dass ja kein Unbefugter hineingelangt. Vor allem keine Medienvertreter und schon gar nicht die nervigen Penner da vorne."

Mit einer abschätzigen Kopfbewegung deutete er auf die Aktivisten, die immer noch vor dem abgeriegelten Gelände ausharrten.

„Hoffentlich machen die noch ein bisschen Radau. Dann wäre es wenigstens nicht so langweilig, wenn wir ein paar von denen verhaften und so richtig in die Mangel nehmen könnten."

Anubis musste unvermittelt schmunzeln ob der einfach gestrickten Weltsicht dieses uniformierten Einfaltspinsels. So wie die meisten Angestellten führte er zwar seinen Job pflichtgemäss aus, von den wirklich wichtigen Angelegenheiten im Leben hatte er jedoch keinen blassen Schimmer.

„Wenn Dummheit strafbar wäre, dann sässen wir Menschen vermutlich alle im Gefängnis", erwiderte Anubis trocken. Der andere hatte diese ironisch gemeinte Bemerkung offenbar nicht kapiert, denn er glotzte nur mit fragendem Blick ins Nichts.

„Tja, ich muss jetzt leider wieder hinein, denn gleich werde ich einen Vortrag halten über Absurdistan, das Land der unbegrenzten Absurditäten", blufte Anubis mit ernsthafter Miene. „Mein Anliegen ist es nämlich, den Klimawandel per Gesetz zu verbieten und dafür die Passkontrolle an der Schneefallgrenze wieder einzuführen, verstehst du? Das muss ich jetzt irgendwie dem Präsidenten dieses Zwergstaats, Herrn Adam Riese, beibringen."

„Also, das mit dem Klimawandel und so, da bin ich voll einverstanden", versuchte der Schmalspur-Rambo einen auf intellektuell zu machen, „und nach Absurdistan, da wollte ich eh schon immer mal hin. Liegt das nicht irgendwo in Osteuropa?"

„Ganz genau, und die Hauptstadt heisst Bananarama", verarschte Anubis sein Gegenüber genüsslich.

„Hast du schon davon gehört?"

„Ähm ... ja, ich glaube schon", log der Sicherheitsheini, um sich keine Blösse zu geben.

„Früher in der Schule kannte ich nämlich alle Länder mitsamt den Hauptstädten auswendig."

In Wirklichkeit hatte der Arme natürlich nicht einmal gerafft, dass ihn der vermeintliche Gastredner am Laufmeter veräppelte. Anubis jedenfalls fühlte sich durch diese unerwartet amüsante Begegnung wieder etwas aufgeheitert. Dann verabschiedete er sich höflich und ging wieder hinein, um sich mit neu gefasstem Mut mitten ins Gewühl zu stürzen.

In den Fängen der Mächtigen

Als Anubis kurz darauf gemächlich durch die edle Hotellobby schlenderte, hielt er nach dem Frühstücksbuffet Ausschau, wo er sich ein Getränk sowie irgendetwas Essbares schnappen konnte. Schliesslich wollte er nicht alle Blicke auf sich ziehen, weil sein Magen während der nächsten Rede plötzlich laut zu knurren begann. Denn Fennek hatte zuvor kurz angedeutet, dass im Verlauf des Tages verschiedene Diskussionen und Verhandlungen über zukünftige weltpolitische Ereignisse stattfinden würden.

Während sich Anubis am Buffet mit frisch gepresstem Orangensaft und belegten Brötchen stärkte, beobachtete er unauffällig die Leute um sich herum. Gleich neben ihm unterhielt sich ein ranghoher Offizier des Geheimdienstes mit einer berühmten Thronfolgerin aus einem anderen Land. Auf der anderen Seite des reichlich gedeckten Tisches plauderte eine weltbekannte Politikerin ungezwungen mit dem Direktor eines internationalen Grosskonzerns. Einige dieser zweifelhaften Persönlichkeiten kannte Anubis aus der allgegenwärtigen Regenbogenpresse, andere hingegen waren ihm völlig unbekannt.

„Hier schmieden sie allerlei teuflischen Pläne, und in der Öffentlichkeit präsentieren sich diese scheinheiligen Heuchler dann als lammfromme Menschenfreunde, die für Frieden und Wohlstand einstehen", dachte Anubis verbittert, worauf ihm der Appetit schlagartig verging.

Plötzlich tippte ihm von hinten jemand sanft auf die Schulter. Als Anubis sich umdrehte, erblickte er eine sympathische junge Dame in schicker Hoteluniform, die ihm augenzwinkernd zulächelte. Im ersten Moment konnte er sie gar nicht richtig einordnen. Sobald er jedoch ihre warme Stimme hörte, fiel ihm sofort wieder ein, woher er sie kannte.

„Annette?", rief er erstaunt, wobei er sich peinlicherweise verschluckte und laut husten musste. Und zwar so laut, dass er die Aufmerksamkeit Fenneks auf sich zog, der sich in einigen Metern Entfernung befand und sich den beiden nun unauffällig näherte, um sie heimlich zu belauschen. Nachdem Anubis sich wieder etwas gefasst hatte, platzte es erfreut aus ihm heraus: „Na, wenn das keine Überraschung ist. Annette, die bezaubernde Undercover-Agentin von Harry Grünsp..."

„Psst", unterbrach sie ihn flüsternd, mit warnendem Blick, „bist du wahnsinnig? Vergiss nicht, wo wir uns hier befinden. Der Feind hat seine Augen und Ohren überall. Tu einfach so, als ob du mich nicht kennen würdest."

„Verflixt, du hast recht", antwortete Anubis nun ebenfalls im Flüsterton, „aber was in aller Welt tust du hier?"

„Das erkläre ich dir später. Lass dir jetzt bitte einfach nichts anmerken, okay?"

„Okay", murmelte er leise. Aber es war schon zu spät, denn Fennek hatte in diesem kurzen Augenblick bereits genug mitgekriegt, um sich ein Bild zu machen. Einen derartigen Vollprofi wie ihn konnte man nicht so einfach täuschen, zumal er selber ein absoluter Meister der Täuschung war.

Die Kaffeepause neigte sich dem Ende zu und die Leute begaben sich langsam wieder zurück in den grossen Saal. Noch ahnte niemand, dass die Situation bald eskalieren sollte. Anubis tat so, als würde er Annette helfen, den mobilen, mit schmutzigem Geschirr beladenen Buffettisch in die Küche zu rollen. Als sie sich im schmalen Korridor vor dem Kücheneingang ungestört fühlten, bombardierte er die als Servicemitarbeiterin getarnte Polizistin erneut mit diversen Fragen. Anubis musste einfach wissen, was da los war, bevor er wieder in den Konferenzraum zurückging. Unklugerweise hatte keiner der beiden unerfahrenen jungen Leute damit gerechnet, dass ihnen jemand heimlich gefolgt war und hinter der Ecke aufmerksam mitlauschte.

„Also, weshalb genau hat dich Grünspecht hierhergeschickt?", wollte Anubis wissen, „etwa wegen mir?"

„Ja … du weisst doch, dass er mich zu Übungszwecken damit beauftragt hat, dich zu beschatten", erklärte Annette rechtfertigend. „Deshalb hat er sich wohl gedacht, dass diese unbedeutende politische Veranstaltung hier der richtige Ort für so eine Aufgabe ist. Anschliessend muss ich ihm dann einen schriftlichen Bericht mit allen Einzelheiten abliefern."

„Verdammt, ist dieser Wahnsinnige eigentlich von allen guten Geistern verlassen?", stöhnte Anubis kopfschüttelnd.

„Das hier ist nicht irgendeine unbedeutende politische Veranstaltung, sondern ein streng vertrauliches Treffen der geheimen Weltregierung. Hier geht es darum, einen einzigen Weltstaat, eine alles versklavende Diktatur zu schaffen, die dann von diesen Leuten dort drin und später von ihren Nachfahren kontrolliert wird. Bist du dir überhaupt bewusst, worauf du dich da eingelassen hast? Das ist alles andere als ein Spiel, und schon gar keine geeignete Bühne für irgendwelche kindischen Pfadfinderübungen."

Nervös blickte Anubis auf die Wanduhr oberhalb der Küchentür, dann wandte er sich zum Gehen. Doch in diesem Augenblick kam ihm noch etwas anderes in den Sinn.

„Moment mal", fügte er mit erhobenem Zeigefinger hinzu. „Woher weiss Grünspecht eigentlich, dass ich hier bin? Hat mich dieser ausgefuchste Mistkerl etwa heimlich ausspioniert? Oder hast du …?"

„Nein, ich schwöre dir, dass ich bis vor Kurzem rein gar nichts gewusst habe", versicherte ihm Annette. „Ausserdem habe ich erst hier vor Ort erfahren, dass es sich hier anscheinend doch nicht um ein gewöhnliches Kaffeekränzchen handelt."

„Na gut, ich glaube dir", entgegnete Anubis skeptisch, „aber jetzt muss ich schleunigst los, sonst komme ich noch zu spät zur nächsten Runde. Es darf auf keinen Fall jemand herausfinden, dass ich in Wahrheit hier bin, um diese miese Bande zu entlarven. Sonst bin ich geliefert."

Aus einer spontanen Gefühlsregung heraus drückte er der hübschen Annette einen flüchtigen Kuss auf die Wange, worauf sie vor Überraschung leicht errötete.

„Wir sehen uns, du Schelm", hauchte sie verlegen.

Inzwischen hatte sich Fennek wieder in die Hotellobby begeben und tat so, als ob er gerade telefonieren würde. Nun wusste er also Bescheid über dieses unfassbare Katz-und-Maus-Spiel, das sich da im Verborgenen abspielte.

„Ausgerechnet ich habe mich von diesem Jungen blenden lassen", dachte er zerknirscht, „und nicht nur das. Ich war sogar hundertprozentig davon überzeugt, in ihm eine vertrauenswürdige Nachwuchsperson gefunden zu haben. Und dieser kleine Bastard hat meine Gutmütigkeit eiskalt ausgenutzt. Aber warte nur, Bürschchen. Wir rechnen schon noch miteinander ab. Dasselbe gilt für diesen lästigen Kommissar."

In diesem Moment marschierte Anubis eiligen Schrittes an ihm vorbei.

„Oh", sagte er überrascht, als er Fennek in der Lobby erblickte. „Ich habe schon gedacht, dass ich zu spät dran bin."

„Was hast du denn in der Küche Schönes gemacht, mein lieber Freund?", fragte Fennek mit zuckersüsser Stimme.

„Ach, ich ... ähm ... habe bloss schnell etwas geholfen."

„Das Personal hier verdient mehr als genug, die brauchen ganz bestimmt keine Hilfe von Gästen."

„Ja, ich weiss, aber ...", stotterte Anubis nervös. Doch als er in Fenneks undurchdringliche Augen schaute, spürte er sehr deutlich, dass hier irgendetwas nicht mehr stimmte. Von einer Sekunde auf die andere vernebelte eine dunkle Vorahnung seinen Geist und liess seinen eben gefassten Mut schlagartig wieder auf den Nullpunkt sinken.

„Komm, gehen wir hinein", säuselte Fennek mit aufgesetztem Pokerface, „der folgende Redner hat bestimmt schon mit dem nächsten Thema begonnen."

Wortlos trottete Anubis hinter dem mächtigen, undurchschaubaren Mann her. Im Saal setzten sich die beiden auf ihre Plätze, die nebeneinander lagen, und hörten dem neuen Sprecher aufmerksam zu.

„Stellt euch einmal vor, die Welt wäre ein riesiger Bauernhof", sprach der solariumgebräunte Typ mit stechendem Blick, der sich kurz zuvor als Direktor eines Pharmakonzerns vorgestellt hatte.

„Auf einem Bauernhof gibt es einerseits Bauern, die alles kontrollieren, und andererseits die sogenannten Nutztiere, die nur eine äusserst beschränkte Wahl haben. Ihr Leben ist nämlich von der Geburt bis zur Schlachtung bereits vorprogrammiert. Manche Tiere dürfen ab und zu sogar nach draussen an die frische Luft, was ihnen ein Gefühl von Freiheit vermittelt. Andere hingegen wollen gar nicht hinaus, weil sie durch die jahrelange Qual in dunklen, trostlosen Ställen viel zu verängstigt oder zu geschwächt sind. Genauso verhält es sich mit den Menschen, deren Leben durch unsere Kontrolle in groben Zügen bereits vorprogrammiert ist. Auch wenn das jetzt vielleicht ein bisschen vereinfacht ausgedrückt sein mag, das Prinzip bleibt auf jeden Fall dasselbe: Beide Spezies existieren nur zum Arbeiten, Fressen, Schlafen und zur Reproduktion von Nachwuchs. Bei den Menschen kommt noch die Ablenkung durch billige Unterhaltung und die gezielte Gehirnwäsche durch die Massenmedien hinzu.

Sobald die ausgedienten Arbeiter für die Herrscher, also für uns, nicht mehr von Nutzen sind und nur noch Kosten verursachen, werden sie im übertragenen Sinne zur Schlachtbank geführt. Wir sehen, es gibt also nicht nur Nutztiere, sondern auch Nutzmenschen. Früher hat man dafür den Namen Sklaven verwendet, aber wir leben heutzutage ja in einer modernen Welt, nicht wahr?"

Der Redner lächelte selbstgefällig vor sich hin, und nach einer kurzen Sprechpause fuhr er nüchtern fort: „Der Unterschied zwischen Nutzmenschen und Nutztieren ist nicht einmal so wahnsinnig gross, wie man vielleicht denken mag. Denn durch die gezielte Gleichschaltung der Massen beider Spezies mit daraus resultierender geistiger Abstumpfung realisieren sie mit der Zeit gar nicht mehr, was mit ihnen eigentlich genau geschieht. Und ab einem gewissen Punkt gibt man sich geschlagen und akzeptiert das Leben so, wie es nun mal ist, ohne irgendetwas zu hinterfragen. So einfach ist das. Was liegt also näher, als unsere jeweils neusten Medikamente direkt an ahnungslosen Versuchsmenschen zu testen? Denn dass das Testen von Medikamenten an Tieren nichts über deren Wirkung beim Menschen aussagt, wissen wir natürlich schon lange. Die ganzen Tierversuche braucht es eigentlich nur noch, damit wir schneller eine Zulassung für neue Medikamente erhalten. Da allfällige Nebenwirkungen für den Menschen bei Versuchstieren aber sowieso nicht festgestellt werden können, benötigen wir endlich einen legalen Vorwand, um zukünftig direkt klinische Experimente an kranken Menschen durchführen zu können. Das sollte jedoch kein Problem darstellen, da wir ja unsere eigenen Interessenvertreter in sämtlichen Parlamenten und Gesundheitsbehörden weltweit haben. Hat jemand eine Frage zum bisher Gesagten?"

Anubis bebte innerlich vor Wut. Wie konnte dieser arrogante Schnösel es wagen, in so einer niederträchtigen, unverfrorenen Art und Weise über die Menschen zu sprechen? Und der Gipfel dieser Unverfrorenheit war die Tatsache, dass die Zuhörer diese tierischen Vergleiche auch noch tierisch witzig fanden. Nachdem Anubis kurz darüber nachgedacht hatte, musste er sich zähneknirschend eingestehen, dass der schleimige Pharmaheini mit seinen Ausführungen leider gar nicht mal so falsch lag. Fortpflanzung, fressen, schlafen, arbeiten – viel mehr lag in einer durchschnittlichen Lebensspanne nicht drin, weder für Menschen noch für Tiere. Und zu allem Übel fand dieser ganze traurige Prozess erst noch unter ständiger Überwachung statt. Schöne, neue Welt, was ist nur aus dir geworden? Ein elendes, perverses Versuchslabor im Namen der Profitgier! Aber das Schlimmste am Ganzen war die bedenkliche Tatsache, dass die allermeisten Menschen während ihres gesamten Lebens gar nie realisierten, was da hinterrücks eigentlich genau gespielt wurde. Man schluckte einfach brav all die Pillen und Pülverchen, die einem angedreht wurden, und vertraute den modernen Medizinmännern in den weissen Kitteln blindlings. Tja, Aberglaube ist auch ein Glaube, das war leider schon immer so. Sehr zur Freude derjenigen, die sich hemmungslos daran bereichern.

„Gut, wenn niemand eine Frage hat, dann werde ich weiterfahren", meinte der König der Giftmischerindustrie nach dieser kleinen Unterbrechung lakonisch. Anubis hatte sich emotional inzwischen erneut in eine derart masslose Empörung hineingesteigert, dass er unmöglich einfach weiterhin still dasitzen und die Klappe halten konnte.

Auch wenn es von einem rationalen Standpunkt her alles andere als klug war, die Aufmerksamkeit unnötigerweise auf sich zu lenken, spürte er dennoch das starke innere Verlangen, diesen Menschen hier einmal gehörig die Meinung zu sagen. Schliesslich war er ein Vertreter des einfachen Volkes, obwohl das natürlich niemand wusste. Getrieben von einem angeborenen Gerechtigkeitsempfinden, stand Anubis plötzlich auf und hob die Hand.

„Doch, ich habe eine Frage, wenn es erlaubt ist", sagte er laut und deutlich, so dass ihn alle 120 Anwesenden gut hören konnten. Fennek starrte seinen treulosen Schützling einmal mehr total überrumpelt an, diesmal mit einer Mischung aus Unbehagen und Neugier.

„Was zum Teufel hat dieser unberechenbare Spinner jetzt schon wieder vor", fragte er sich. „Ich hoffe bloss, dass ich nicht eingreifen muss."

„Das könnte nämlich für alle Beteiligten unangenehm werden, vor allem für mich", ging es ihm durch den Kopf. Doch all die durchdringenden Blicke der weltpolitischen Machthaber, die auf Anubis gerichtet waren, liessen diesen völlig kalt.

„Sie haben vorhin Menschen nicht nur mit Nutztieren, sondern auch mit Versuchstieren verglichen", sprach er ungewohnt selbstbewusst, „und somit indirekt zugegeben, dass es aus ihrer Sicht im Prinzip keinen grossen Unterschied gibt, da beide Spezies bloss zu dem einen Zweck existieren, nämlich um einer ganz bestimmten Elite zu dienen. Habe ich das richtig verstanden?"

Der Mann am Rednerpult schien zwar ein bisschen überrascht ob dieser unverblümten Frage, dennoch nickte er ruhig und bat Anubis mit einer Handbewegung, fortzufahren.

„Somit sind die meisten Menschen in ihren Augen also ebenfalls nichts weiter als eine Art Versuchstiere, die zu ganz bestimmten Zwecken herangezüchtet beziehungsweise missbraucht werden. Aber gerade sie als oberster Chef eines multinationalen Pharmakonzerns sollten doch eigentlich am besten wissen, dass man ein menschliches Wesen nicht bloss auf die rein physischen Funktionen reduzieren kann. Es gibt bekanntlich auch eine geistige Komponente, die auf keinen Fall unterschätzt werden darf."

„Was wollen sie eigentlich genau sagen?", erwiderte der Multimillionär nun ein wenig gereizt. „Könnten sie bitte auf den Punkt kommen? Zeit ist bekanntlich Geld."

„Richtig, Zeit ist Geld, und Geld ist Macht", sprach Anubis unbeeindruckt weiter, „genau deshalb ist der Einfluss der Pharmaindustrie auf Behörden, Ärzte und Medien so ungeheuer gross. Heutzutage weiss doch jedes Kind, dass die skrupellose Pharmamafia für die Bestechung von sogenannten Fachleuten sowie für irreführende Werbung mehr Geld ausgibt als für die Forschung selbst. Unabhängige Berichterstattung gibt es höchstens noch im Internet, und genau deshalb wollt ihr auch diese letzte verbliebene Bastion der Meinungsfreiheit unbedingt einnehmen. Aber auch wenn ihr noch so viele Milliarden in die systematische Verbreitung von Unwahrheiten in Form von Werbung steckt, wird euch das nichts nützen. Denn allmählich erwachen immer mehr Menschen aus ihrem geistigen Tiefschlaf und realisieren, was mit ihnen angestellt wird. Die kommenden Generationen werden all eure während Jahrzehnten verbreiteten Lügenmärchen nicht mehr akzeptieren. Euer angestrebtes Zeitalter der Finsternis und der Sklaverei wird niemals anbrechen, das kann ich euch garantieren. Aber ihr werdet eines Tages für die an Mensch und Tier begangenen Massenverbrechen geradestehen müssen. Denn in der universellen Bibliothek, auch Akasha-Chronik genannt, ist jeder Gedanke und jede Tat genauestens aufgezeichnet. Falls jemand von euch, ihr habgierigen, kriminellen *Staatsdiener*, das überhaupt begreifen sollte. Oder soll ich lieber *Staatserpresser* sagen?

Wie auch immer, vermutlich werdet ihr sowieso erst dann kapieren, dass ihr euch mit eurer krankhaften Sucht nach ständiger Profitmaximierung auf Kosten anderer ins eigene Fleisch geschnitten habt, wenn das unerbittliche Gesetz von Ursache und Wirkung mit voller Wucht zuschlägt."

Mittlerweile war Anubis dermassen in Fahrt geraten, dass die Worte nur so aus ihm heraussprudelten. In diesem historischen Augenblick war ihm jedoch nicht klar, dass er unbewusst eine hochintelligente, allwissende Quelle angezapft hatte, die sozusagen durch ihn sprach und ihn lediglich als Medium benutzte. Aber dazu hatte er ja eingewilligt, als ihn die kosmische Amelie neulich auf diese Situation vorbereitet hatte. Mit einem schier unglaublichen Charisma, das nicht von dieser irdischen Welt zu sein schien und dem sich niemand entziehen konnte, fuhr er mit seinem wortgewaltigen Siegeszug unbeirrt fort:

„Abgesehen davon sind diejenigen Leute, die sich stets an die Führungsspitze vordrängen und gewissenlos die Macht an sich reissen, meistens sowieso ziemlich armselig. Denn nur zu häufig haben diese geistig Blinden weder das Recht noch die dazu notwendigen Fähigkeiten, um ein Volk oder eine Gruppe verlässlich zu führen. Und wie bitteschön soll ein von Herrschsucht und Besitzgier gefangener Mensch, der nicht die geringste Ahnung hat von den übergeordneten, ewig gültigen Gesetzen des Lebens eine derart verantwortungsvolle Aufgabe jemals erfüllen können? Am besten gar nicht, denn das Resultat wird immer Chaos, Leid und Ungerechtigkeit sein. Im Prinzip gibt es nur zwei wirkliche, menschliche Spezies: nämlich edle, ethisch-moralisch hochstehende Menschen und unedle, sittlich niedere Kreaturen. Jawohl, meine Damen und Herren, sie haben völlig richtig gehört. Das musste einfach mal gesagt werden."

Nach dieser überaus feurigen Kritik setzte sich Anubis erleichtert wieder hin, während im Saal plötzlich eisige Stille herrschte. Klar, denn welcher Verrückte hatte schon den Mut, vor der versammelten Weltelite derart auf den Putz zu hauen? Der öffentlich diskreditierte Redner machte jetzt nicht mehr einen so gelassenen Eindruck wie noch vor wenigen Minuten.

„Ich weiss zwar nicht, wer sie sind und wie sie sich hier Eintritt verschafft haben", knurrte er drohend, „aber das werden wir gleich herausfinden. Hiermit erkläre ich die Sitzung für unterbrochen. Und wir beide sprechen uns im Nebenraum unter vier Augen, verstanden?"

„Von mir aus", entgegnete Anubis trotzig, „ich habe eh nichts zu verlieren."

Die Atmosphäre im Konferenzsaal war nun auf einmal merklich angespannt. Einige Mitglieder debattierten heftig über die Frage, ob sich eventuell noch weitere Spione, Verräter oder sonstige unerwünschte Querdenker im Saal befinden könnten. So heizte sich die Stimmung immer mehr auf, bis sich irgendwo in den hinteren Reihen erste, kleinere tumultartige Szenen abspielten. Was jedoch niemand wusste war, dass eine zierliche, unscheinbare Person die ganzen Geschehnisse durch einen schmalen Türspalt am Eingang mitverfolgt hatte, und zwar Annette, die als Hotelangestellte getarnte, heimliche Beschützerin von Anubis.

Weil sie eine baldige Eskalation der Situation befürchtete, informierte sie vorsorglich ihren Vorgesetzten Harry Grünspecht über die laufenden Entwicklungen.

Der Polizeichef versprach ihr, so schnell wie möglich einen Trupp seiner besten Mitarbeiter zu schicken. Er ahnte natürlich nicht, dass ein paar lokale Polizisten gegen die schwer bewaffneten, hervorragend ausgebildeten Bodyguards der Mächtigen nicht allzu viel ausrichten konnten. Diese zu allem fähigen, kriegserprobten Kampfmaschinen hatten sich ja an verschiedenen Orten der streng bewachten Hotelanlage verschanzt. Einige der Scharfschützen hatten sich auf dem Dach installiert, andere versteckten sich irgendwo im Gebüsch, wieder andere in diversen Hotelzimmern. Nur die paar Typen, die sozusagen als Tarnung von einer privaten Sicherheitsfirma angeheuert worden waren, hatten keine Ahnung, was da wirklich ablief. Ihr Auftrag lautete lediglich, auf dem Gelände zu patrouillieren und lästige Gaffer abzuwimmeln. Mit einem dieser ahnungslosen Hobby-Cowboys hatte Anubis ja bereits Bekanntschaft gemacht.

Die Kultur des Todes

Kurz darauf wurde Anubis von zwei Männern in einen kleinen Raum eskortiert, der sich gleich neben der Hotelküche befand. Einer dieser herausgeputzten Lackaffen war der Redner von vorhin, also der Boss eines multinationalen Pharmakonzerns. Der andere stellte sich grimmig als Direktor des Geheimdienstes eines bestimmten Landes vor. Nach dieser zweifelhaften Begrüssung sagte der Geheimdienst-Mensch kein einziges Wort mehr, sondern stand bloss mit finsterem Blick in der Ecke, was offenbar Zeichen einer kleinen Machtdemonstration beziehungsweise Einschüchterung sein sollte. Aber Anubis war alles andere als eingeschüchtert. Ganz im Gegenteil, mittlerweile hatte er eine Stinkwut im Bauch.

„Ich heisse Lars", begann der Pharmaheini in unerwartet einschmeichelndem Tonfall, „und wie lautet dein werter Name, mein junger Freund?"

„Anubis", kam die knappe Antwort. Inzwischen hatte er die schmierige Taktik dieser heimlichen Machthaber natürlich schon längstens durchschaut. Gegen aussen führten sie sich stets charmant und wie die grössten Gentlemen auf, aber in Wahrheit verachteten sie die Menschen. Vor allem solche aufdringlichen Schnüffler wie Anubis, die den Mut aufbrachten, in aller Öffentlichkeit Widerstand zu leisten. Denn all die handzahmen Idioten, die nur ihren Zwecken dienten, kamen ihnen ja sowieso nicht in die Quere.

„Mich würde erstens interessieren, wer dir Zutritt zu dieser streng geheimen Versammlung verschafft hat", säuselte der Schleimer weiter, „und zweitens, was deine genauen Absichten sind. Wer ist dein Auftraggeber? Haben sie noch mehr Leute hier eingeschleust?"

Dann fügte er mit einem arrogant-süffisanten Lächeln hinzu: „Und keine Angst, wenn das Vögelchen schön brav die Wahrheit zwitschert, dann wird ihm nichts passieren, das verspreche ich. Ansonsten ..."

Anubis spürte instinktiv, dass es keinen Zweck hatte, irgendwelche Lügenmärchen aufzutischen. Deshalb beschloss er, gleich von Anfang an mit offenen Karten zu spielen.

„Fennek hat mich eingeladen", erklärte er unverblümt, „nachdem ich ihm offenbar glaubhaft vorgegaukelt hatte, dass ich gerne Teil seiner internationalen Terror-Management-Vereinigung wäre."

„Niemand hat das Recht, auf eigene Faust Mitglieder zu rekrutieren", empörte sich Lars, „das weiss Fennek ganz genau. Ausserdem sind wir keine Terror-Manager, sondern ein elitärer Klub für überdurchschnittlich intelligente Menschen."

„Eine überaus bestialische Intelligenz, wie mir scheint." Anubis konnte sich diesen bissigen Kommentar nicht verkneifen.

„Was willst du damit sagen?", fragte der andere.

„Damit will ich sagen, dass es ausserordentlich gefährlich ist, wenn die schweigende Mehrheit der Bevölkerung einer kleinen, selbst ernannten Elite nachgibt, deren Mitglieder sich öffentlich dreist als Wohltäter aufspielen. Ihr zensuriert die Welt nach eigenem Gutdünken, denn ihr wisst genau, dass Zensur eigenständiges

Denken verhindert. Und das ist es ja, was ihr wollt, nicht wahr? Aber in Wirklichkeit ist die Nummer, die ihr hier abzieht, nichts Geringeres als ein politisch organisiertes Verbrechen unglaublichen Ausmasses."

„Wie ich sehe, bist du nicht auf den Kopf gefallen, mein Junge", lächelte der Pharmaboss fast schon anerkennend, „und diesbezüglich muss ich dir recht geben. Man kann die grosse Masse praktisch von jeder Idee überzeugen, solange man ihr irgendeinen Nutzen daraus verspricht. Und ja, die Welt wird von uns gerade neu sortiert, neu aufgeteilt. Nicht nur die Grossmächte kämpfen um die Vormachtstellung ...",

„... sondern auch das undurchschaubare Geflecht aus Politik, Militär, Industrie und Medien", unterbrach ihn Anubis aufgebracht. „Globalisten, Bilderberger, Illuminaten, Freimaurer, Zionisten, Rosenkreuzer und weiss der Teufel wie diese schwarzmagischen Sekten alle heissen. Oder habe ich noch welche vergessen?", fügte er an.

„Skull and Bones zum Beispiel, sowie noch ein paar weitere Ableger", entgegnete Lars cool. „Tja, das ist nun einmal die neue Kultur ..., die Kultur des Todes, wenn man so will. Nicht die Starken werden diesmal überleben, sondern die Schlauen. Denn wir befinden uns bereits mitten in einem globalen Krieg, den kein General mehr gewinnen kann. Wie du richtig erkannt hast, findet dieser Krieg auf einer ganz anderen Ebene statt. Genau aus diesem Grund werden wir unser Ziel, eine massive Reduktion der Weltbevölkerung, schon bald erreicht haben."

„Denn weniger Menschen kann man besser überwachen, stimmt's?"

„Du bist in der Tat ein kluges Köpfchen", lobte ihn

Lars, „schade nur, dass du auf der falschen Seite stehst. Aber du kannst dich jetzt immer noch anders entscheiden."

„Und mich auf die Seite der Menschenfeinde und Kriegstreiber schlagen, die mit üblen Propagandalügen die gesamte Menschheit verseuchen?"

Bei dieser Bemerkung musste Lars laut herauslachen. Irgendwie gefiel ihm dieser äusserst clevere, grundehrliche junge Mann, der mit so viel Enthusiasmus und Leidenschaft agierte. Solche Leute konnte er eigentlich gut gebrauchen. Vielleicht würde es ihm ja doch noch gelingen, ihn zu bekehren und für seine eigenen Zwecke zu benutzen?

„Die Menschheit ist doch schon längst verseucht", entgegnete Lars geduldig, „das liegt zum Teil auch daran, dass nur die wenigsten Leute das Prinzip kapieren, nach dem die Erde regiert wird. Der primitive Durchschnittsmensch braucht eine führende Hand, damit die Welt nicht komplett aus dem Ruder läuft, verstehst du? Du könntest einer von uns sein und den ahnungs- und orientierungslosen Bürgern als leuchtendes Vorbild dienen. Die Leute würden ehrfurchtsvoll zu dir aufblicken und dich vergöttern. Abgesehen davon würdest du in den Genuss aller möglichen Privilegien kommen und müsstest dir über materielle Dinge nie wieder Sorgen machen. Wäre das nichts für dich, Novize Anubis? Und schon bald würde es heissen: Meister Anubis."

Anubis überlegte fieberhaft, wie er auf dieses zugegebenermassen äusserst verlockende Angebot reagieren sollte. Selbstverständlich war ihm schon rein vom moralischen Standpunkt aus betrachtet völlig klar, dass er niemals Teil dieser teuflischen Mafia sein wollte.

Andererseits bot sich ihm durch dieses unmoralische Angebot die einmalige Gelegenheit, noch tiefer in den inneren Zirkel dieses Bundes vorzudringen. Auch wenn es sich dabei um ein äusserst gefährliches Spiel mit dem Feuer handelte, würde es ihm vielleicht auf diesem Weg gelingen, die dunklen Machenschaften dieser Truppe irgendwie ans Licht der Öffentlichkeit zu bringen. Allerdings musste Anubis dabei mit allem rechnen. Auch damit, dass er dieses wagemutige Abenteuer eventuell mit seinem Leben bezahlen musste.

„Du kannst es dir in aller Ruhe überlegen", riss ihn Lars schliesslich aus seinen Gedanken. „Ich werde mich inzwischen kurz mit meinem Kollegen beraten."

Er gab dem immer noch grimmig dreinblickenden Geheimdienstagenten ein Handzeichen, dann marschierten die beiden Männer aus dem Sitzungszimmer und liessen Anubis allein. Dummerweise vergass Lars seine Arbeitsmappe auf dem Tisch, die prall gefüllt war mit einem Stapel von irgendwelchen strengstens vertraulichen, mysteriösen Geheimdokumenten. Anubis war sich im ersten Moment nicht sicher, ob Lars die Mappe tatsächlich vergessen hatte, oder ob er ihm mit dieser Aktion eine Falle stellen wollte.

Kaum waren die beiden Männer draussen, horchte er an der Tür, um sich zu vergewissern, dass sie wirklich weg waren. Aufgrund der leiser werdenden Schritte und Stimmen schloss er jedoch, dass sie sich in einen anderen Raum begeben hatten.

Ohne lange zu zögern, stürzte er sich sofort auf die Mappe und überflog das Protokoll mit klopfendem Herzen und vor Aufregung zitternden Händen. Das oberste Blatt Papier war mit dem unheilschwangeren Titel

Agenda der neuen Weltordnung: Herren und Sklaven beschriftet. Danach folgten ein Inhaltsverzeichnis sowie ein kurzes Vorwort, ehe es auf Seite drei so richtig zur Sache ging. Anubis pickte einen beliebigen Abschnitt heraus und überflog ihn hastig.

Durch die transhumanistische Forschung soll es zukünftig ermöglicht werden, direkt in die Gefühlswelt des Menschen einzugreifen mit dem Ziel, den Körper immer mehr von der Seele zu entfremden. Mithilfe dieser neusten Technologie kann das Verhalten jedes Individuums durch Fremdsteuerung massgeblich beeinflusst werden. Bei zukünftigen Generationen werden genetische Defekte zunehmen, wodurch unter anderem auch die Intelligenz vermindert und schlussendlich die gebildete Mittelklasse verschwinden wird.

Anubis schauderte es schon bei der blossen Vorstellung, dass diese Horrorvision schon bald zur Realität auf diesem Planeten werden könnte. Ein Planet voller ferngesteuerter, von der eigenen Seele abgekoppelter Zombies. Er blickte kurz auf und horchte angespannt, ob die Luft immer noch rein war, dann blätterte er nervös weiter zum nächsten Thema.

Durch die genetisch manipulierten und industriell verarbeiteten Lebensmittel, die verseucht sind mit allerlei synthetischen Giftstoffen, soll langfristig eine künstlich erzeugte Sterilisation der Menschen zwecks Bevölkerungsreduktion herbeigeführt werden. Insbesondere Männer gehören zu unserer Zielgruppe, da sie sich mehrheitlich von zerstückelten Tierleichen ernähren, wobei dieses Fleisch vollgepumpt ist mit allerlei Hormonen und Antibiotika. Fettleibigkeit, körperlicher sowie geistiger Zerfall wird die Willenskraft kommender Generationen dermas-

sen schwächen, dass es ein Leichtes sein wird, die entarteten Menschen fügsam zu machen und nach unseren Wünschen zu formen. Die gezielte Manipulation der Nahrung wird sie nicht nur vollständig von der Natur abschneiden, sondern auch ihre eigenen seelischen Abwehrkräfte zertrümmern, ihr Denkvermögen lähmen und ihr Urteilsvermögen trüben.

Anubis spürte, wie sich sein Magen vor Abscheu immer mehr zusammenzog. Dennoch blätterte er hastig ein paar Seiten weiter und las wie gebannt die Überschriften einiger Kapitel. *Das globale System der Schuldknechtschaft*, hiess es da zum Beispiel, *oder Privatisierung der Staaten, Ölvorkommen in Afrika und Nahost, Rüstungsindustrie und Waffenexporte, die Herrschaft der Banken, Zusammenbruch des Welthandels, Manipulation der Massenmedien* und so weiter. Wie in Trance überflog Anubis diesen detailliert ausgearbeiteten Bauplan einer zukünftigen Schreckensherrschaft, der sehr wahrscheinlich direkt in der Hölle verfasst worden war. Zumindest aber wurden diese Pläne indirekt beeinflusst von irgendwelchen dämonischen Mächten aus niederen astralen Sphären, die machtgierige Erdenmenschen bloss als Instrument für ihr teuflisches Werk benutzten. Und diese *Götter* der neuen Weltordnung wollten die Menschen mit ihrem scheinheiligen Licht nicht nur blenden und verführen, sie wollten auch selber vergöttert werden – genauso wie sie selber geblendet und verführt wurden, ohne es zu merken.

Das passte wie die Faust aufs Auge zum nächsten Kapitel, das sich dem Thema *Okkulte Bauwerke* widmete. Anubis war durchaus bewusst, dass überall auf der Erde solche Gebäude gebaut und mithilfe von illegalen Geldschiebereien der entsprechenden Regierungen finanziert wurden. Hier ging es nicht etwa um historische, uralte Bauwerke wie Pyramiden oder Ähnliches. Oh nein, diese neuzeitlichen Tempel des Bösen waren allesamt hochmoderne Bauten wie zum Beispiel Bankgebäude, praktisch alle Gebäude der Stadt Astana (Satana) in Kasachstan, Gerichtshöfe, Militärbasen, Medienhäuser und sogar Flughäfen.

„Flughäfen?", dachte Anubis verwundert, als er die Liste der bereits fertiggestellten und zukünftig geplanten Bauwerke durchging.

Doch dann erinnerte er sich daran, dass er vor einiger Zeit einen Bericht über den sogenannten *New World Airport* in Denver, Amerika, gelesen hatte, um den sich zahlreiche rätselhafte Theorien rankten. Tatsache aber war, dass es sich bei diesem äusserst merkwürdigen Flughafen um ein unheimliches Monument handelte, das vollgestopft war mit allerlei okkulten Symbolen. Diese versteckten Hinweise deuteten unmissverständlich auf die wahren Drahtzieher im Hintergrund hin: nämlich die Geheimgesellschaften, besser bekannt als Schattenregierung. Jedenfalls *schmückten* nicht nur überall schreckliche, apokalyptische Wandgemälde (analog zu anderen okkulten Bauwerken wie zum Beispiel Bürogebäude der Bank of America, wo es ähnliche Bilder gab) diesen Flughafen, sondern auch absolut bösartig anmutende Wasserspeier mit dämonischen Fratzengesichtern. Sogar auf dem Fussboden befanden sich seltsame Worte und Symbole, welche die unheilvollen Ziele der globalen Elite in Form von teilweise versteckten Botschaften repräsentierten. Ausserdem wurden die Landebahnen exakt so angelegt, dass sie aus der Luft als eine riesige Swastika erkennbar waren, ein Symbol, das besser bekannt war als Hakenkreuz der Nazis.

Als wären dies nicht schon genug eigenartige Zufälle, hatte man nebst all den anderen Drachengestalten und satanischen Kunstwerken am Eingang des Flughafens eine riesige Statue von einem sich aufbäumenden Pferd mit glühenden roten Augen aufgestellt. Dieses sogenannte *Dark Horse* war ein weiteres unheimliches Symbol, das die Illuminaten seit jeher für ihre magischen Rituale benutzen. Aber das wirklich schwarze Herz dieses widerwärtigen, perversen Bauwerks war eine direkt unter dem Flughafen angelegte Militärbasis, für die sogar extra ein eigenes Tunnelsystem errichtet worden war. Nur wusste offiziell dummerweise niemand, wofür diese gigantische, unterirdische Anlage denn eigentlich genau gebaut worden war. Und selbst wenn es der Regierung mit zahlreichen Vertuschungsversuchen halbwegs gelungen war, den milliardenschweren Bau dieser komplexen Anlage der Öffentlichkeit gegenüber zu rechtfertigen, so war insgeheim doch jedem vernünftigen Bürger schon längst klar, dass dies in Wirklichkeit viel mehr war als bloss ein normaler Flughafen.

Gerüchten zufolge handelte es sich durchaus um eine Art unterirdische Zufluchtsstätte, wohin sich die Elite bei einer drohenden Katastrophe retten würde, beispielsweise bei einem Asteroideneinschlag mit daraus resultierenden, massiven Überschwemmungen. Es kursierten jedoch noch viel abstrusere Gerüchte im Internet als die sonst schon äusserst fragwürdigen Theorien über eine allfällige Kollision mit dem Asteroiden Nibiru. Aber vermutlich war es sowieso besser, wenn der normale, mediengläubige Durchschnittsbürger die Wahrheit gar nicht kannte. Denn falls sich die seit Jahrzehnten akribisch geplanten Szenarien in unterirdischen Militärbasen wie derjenigen in Denver zukünftig tatsächlich so abspielen sollten, dann wären sämtliche Gräueltaten aus dem zweiten Weltkrieg bloss eine Art experimentelle Vorstufe gewesen.

Anubis wusste natürlich, dass auf dieser Welt noch zahlreiche andere solche unterirdischen Anlagen existieren, wo an Mensch und Tier abscheuliche Experimente aller Art durchgeführt wurden. Aber dass man diese okkulten Bauwerke neuerdings ganz offen zur Schau stellte und der Öffentlichkeit sogar regelrecht aufdrängte, verwunderte ihn dennoch sehr. Aber jetzt hatte er keine Gelegenheit, um darüber nachzudenken, denn die Zeit drängte. Deshalb blätterte er eilig weiter zum nächsten Thema in dieser brisanten Akte, das mit *Terrorismus als Vorwand* betitelt war: Ziel: totale Überwachung der Zivilbevölkerung. Weg zum Ziel: gezielt organisierte Terroranschläge auf der ganzen Welt, damit die Bürger allmählich in einen hypnotischen Zustand der kollektiven Traumatisierung fallen.

Diese künstlich erzeugte Angst wird es uns ermöglichen, die in der Verfassung verankerten Grundrechte der Bevölkerung Stück für Stück zu beschneiden. Die Leute werden ihre Freiheit sogar freiwillig opfern im Glauben, die vermeintliche Terrorbekämpfung damit zu unterstützen. Dadurch kann die Regierung nach Belieben Hausdurchsuchungen durchführen, verdächtige Personen ohne jegliche Angabe eines Grundes inhaftieren oder auf sämtliche private Daten eines unbescholtenen Bürgers zugreifen. Die allgemeine Sicherheit der Bevölkerung ist bekanntlich das oberste Gebot eines jeden Staates. Deshalb ist eine von den Medien ständig aufrechterhaltene, hypothetische Terrorgefahr ein geschickter psychologischer Schachzug, um den Wunsch nach Sicherheit und somit eine Abhängigkeit der Bürger vom Staat zu fördern. Ausserdem garantiert dies den Geheimdiensten sowie sämtlichen Beamten praktisch uneingeschränkte Handlungsfreiheit.*

Ganz zum Schluss blieb Anubis' Blick am Titel *Abholzung der Wälder* haften, einem heutzutage fast schon banal anmutenden Allerweltsthema. Er las: *Der blühende, offiziell nicht erlaubte Holzhandel wird auch weiterhin dadurch finanziert werden, dass von uns bestochene Politiker in den entsprechenden Regierungen illegal gedrucktes Schutzgeld in Millionenhöhe an die zuständigen Milizen entrichten. Damit stets genügend liquide Mittel vorhanden sind, muss dem Bürger eine neue Steuer aufgezwungen werden, die unter dem Deckmantel einer Umweltabgabe eingeführt wird. Durch diese genial simple Massnahme haben wir stets eine gesicherte Einnahmequelle für unsere zahlreichen Projekte, die erst noch von ahnungslosen Staatsbürgern finanziert werden.*

„Das ist einfach unglaublich!", schnaubte Anubis wütend vor sich hin. „Diese hinterhältigen, geldgierigen *Bastarde* verwenden die Steuern der hart arbeitenden Bevölkerung, um die Abholzung der Wälder voranzutreiben und sich zu *alledem* auch noch selber zu bereichern. Wie krank und abgrundtief verachtenswert ist das denn? Jemand muss diese perverse Mördermaschinerie dringend stoppen, bevor es zu spät ist. Die Zukunft der Welt da draussen hängt wirklich nur noch an einem seidenen Faden."

Plötzlich hörte er im Korridor Schritte, die immer *näherkamen*. Eilig packte Anubis den losen Stapel Papiere wieder in die schwarze Arbeitsmappe und legte diese exakt so hin, wie sie vorher dagelegen war. Dann wischte er sich mit dem Ärmel die Schweissperlen von der Stirn, trank einen Schluck Wasser und atmete einmal tief durch. Als wenige Sekunden später die Tür aufging, sass Anubis mit aufgesetzter Unschuldsmiene da und lächelte die beiden Männer lammfromm an.

„Ach, hier ist meine Mappe", seufzte Lars erleichtert, „und ich dachte schon, ich hätte sie irgendwo verlegt."

„Mappe?", fragte Anubis mit treuherzigem Blick, „welche Mappe?"

„Ist schon gut", brummelte Lars vor sich hin, „es ist sowieso besser für dich, wenn du nicht über alles Bescheid weisst."

„Wieso? Was passiert denn mit denen, die zu viel wissen?"

„Ganz einfach, die müssen beseitigt werden", knurrte der unsympathische Geheimdienstler aus der Ecke. „Dafür sind wir zuständig."

„Aber heutzutage hat doch jedes Kind schon mal irgendwas von der neuen Weltordnung gehört", hakte Anubis nach, „was ist denn daran eigentlich noch so wahnsinnig geheim?"

„Es ist richtig, dass sich die breite Öffentlichkeit mittlerweile an den Begriff gewöhnt hat", erklärte Lars, der Pharma-Guru, „und exakt das war auch unsere volle Absicht. Trotzdem wissen nur die wenigsten, was sich wirklich hinter dem Plan einer einheitlichen Weltregierung verbirgt, von dem die Menschen schon seit Jahrhunderten träumen. Aber je weniger die Leute das Gefühl haben, dass es sich dabei um ein Geheimnis handelt, desto ungestörter können wir an der endgültigen Verwirklichung dieses Traums arbeiten, so einfach ist das."

„Albtraum wäre wohl passender", erwiderte Anubis gleichgültig, „aber was kann man schon dagegen machen? Wir leben nun mal in einem dunklen Zeitalter voller Lug und Betrug. Der einfache Bürger hat doch schon längstens den Durchblick verloren und weiss nicht mehr, was wahr ist und was nicht."

„Bingo", schnippte Lars theatralisch mit den Fingern, „und weil du offenbar den Durchblick noch nicht verloren hast, möchte ich nochmals auf meine Frage von vorhin zurückkommen."

„Du meinst, ob ich bei eurem edlen Verein als Novize einsteigen will?"

„Exakt das meine ich."

„Nun ja", stammelte Anubis zögerlich, „es ist halt so, dass ..., ich meine ...ähm ..."

Genau in diesem Moment erschütterte ein lauter Knall das Gebäude.

„He, was war das denn?", fragte Lars überrascht. Sein menschlicher Wachhund, der Chef des Geheimdienstes, fackelte nicht lange. Mit einer blitzschnellen Bewegung zog er seine Pistole aus dem am Gürtel befestigten Halfter, dann stürmte er wie ein Besessener aus dem Zimmer. Lars schnappte sich seine schwarze Arbeitsmappe und rannte seinem Kollegen etwas verunsichert hinterher.

„Los, komm", rief er Anubis zu, „wir müssen nachsehen, was da los ist. Wer weiss, vielleicht ein Anschlag von Terroristen oder so."

„Die wahren Terroristen seid doch ihr", hätte Anubis am liebsten geantwortet, verkniff sich aber die Bemerkung. Denn insgeheim war er mehr als froh über diese unerwartete Ablenkung. Dadurch konnte er die Entscheidung über einen allfälligen Beitritt nämlich noch ein wenig hinauszögern.

Zu diesem Zeitpunkt wusste er jedoch noch nicht, dass er diese Rettung wieder einmal seiner heimlichen Beschützerin Annette zu verdanken hatte.

Auf der Flucht

Als Anubis den Eingangsbereich des Hotels erreichte, traute er seinen Augen kaum. Überall herrschte pures Chaos. Zersplitterte Fensterscheiben, verletzte Sicherheitsbeamte, die stöhnend vor Schmerzen auf dem Fussboden lagen, heulende Polizeisirenen im Hintergrund sowie ein paar wagemutige Demonstranten, die sich in dem ganzen Getümmel auf das Gelände vorgewagt hatten.

„Verdammt, was ist denn da los?", rief Anubis verwundert. Einen Augenblick später packte ihn eine Hand am Ärmel und zog ihn sanft, aber bestimmt hinter eine Säule.

„Psst, ich bin's", flüsterte eine vertraute Stimme, „los, nutzen wir die Gunst der Stunde und hauen ab."

„Annette", seufzte Anubis erleichtert, „was machst du denn hier, mitten in der Schusslinie?"

„Ich habe auf dich gewartet, den Rest erzähle ich dir später. Jetzt sollten wir nämlich schleunigst von hier verduften. Folge mir einfach, ich kenne einen Hinterausgang."

Bevor er seiner selbstlosen Retterin hinterhereilte, schaute er sich noch einmal kurz um und prägte sich das entsetzliche Bild, das sich ihm bot, gut ins Gedächtnis ein. Gleich vor der Eingangstür lag der Sicherheitsmann, mit dem Anubis kurz zuvor noch geplaudert hatte. Mit verbissenem Gesicht schleppte er sich zur Rezeption, während er gleichzeitig irgendetwas in sein Funkgerät brüllte. An seinem linken Oberschenkel klaffte eine hässliche Schusswunde. Anubis wollte dem Armen instinktiv helfen, doch Annette packte ihn diesmal an der Schulter und zog ihn in die andere Richtung.

„Wir können nichts für ihn tun, ausserdem wird die Sanität sowieso gleich hier eintreffen", sprach sie ruhig. „Retten wir also lieber unsere eigene Haut, bevor es zu spät ist."

Dann rannten die beiden in geduckter Haltung los in Richtung Küche, wo sich ein privater Hinterausgang für das Personal befand. Kurz bevor die beiden die unscheinbare Tür erreichten, blieben sie in einer ruhigen Ecke kurz stehen und legten eine Verschnaufpause ein, um ein Glas Wasser zu trinken.

„Jetzt sag doch mal, was ist denn da gerade eben passiert?", drängte Anubis erneut. „Seit wann schiessen denn Polizeibeamte auf Sicherheitspersonal?"

„Das waren gar nicht unsere Polizisten, die das Feuer eröffnet haben", sprudelte es aus Annette heraus. „Glaube mir, ich habe alles genau beobachtet. Kurz nachdem ich Grünspecht darüber informiert hatte, dass hier etwas nicht stimmt, ist eine Polizeipatrouille eingetroffen. Zunächst haben sie friedlich mit den Aktivisten da draussen diskutiert, danach wollten sich die Polizisten auf dem abgeriegelten Hotelgelände umsehen. Aber die Bodyguards der versammelten Elite wollten sie nicht hereinlassen, worauf es zu einem kleinen Handgemenge kam."

Annette stürzte nochmals rasch ein Glas Wasser hinunter, ehe sie weitersprach. „Wie du weisst, hat man hier zwei verschiedene Gruppen von Sicherheitsleuten engagiert. Einerseits die direkten Angestellten der

Politiker, die man auch als zum Töten ausgebildete Auftragskiller ohne jegliches Gewissen bezeichnen könnte. Auf der anderen Seite haben die Organisatoren ein paar nicht eingeweihte Leute einer privaten Sicherheitsfirma angeheuert, sozusagen als Attrappe. Auf jeden Fall fielen während des Handgemenges plötzlich Schüsse aus dem Hinterhalt. Sie wurden von den auf dem Hoteldach positionierten Heckenschützen abgefeuert. Sie waren es, die auf die privaten Sicherheitsleute vor dem Eingang geschossen haben."

„Das ist ja ungeheuerlich", knurrte Anubis wütend, „aber wie können wir das jemals beweisen? Ich meine, die Medien würden uns das doch nie im Leben glauben."

„Genau das ist ja das eigentliche Problem am Ganzen", fuhr Annette aufgebracht fort, „denn ich habe mit eigenen Ohren gehört, was der oberste Medienchef, der ebenfalls an dieser Veranstaltung teilnimmt, vorhin gesagt hat. Er hat unverzüglich an sämtliche Medienvertreter die Anweisung herausgegeben, explizit nur das zu schreiben, was von ihm persönlich diktiert wird."

„Ich kann mir schon vorstellen, was dieser Mistkerl im Sinn hat", bemerkte Anubis kopfschüttelnd. „Klar, er hat natürlich, so wie üblich in dieser verlogenen Branche, alles verdreht. Bereits in wenigen Minuten wirst du in sämtlichen Nachrichtenkanälen vernehmen, was sich hier scheinbar abgespielt hat. Dann wird der ahnungslosen Öffentlichkeit nämlich Folgendes erzählt: Dass bei Ausschreitungen an einer harmlosen politischen Versammlung ein überforderter Polizist plötzlich die Nerven verloren und wild um sich geschossen hat, weil er von gewalttätigen Demonstranten angegriffen wurde. Niemand wird jemals erfahren, was hier wirklich passiert ist. Geschweige denn, dass dies alles andere als eine gewöhnliche Versammlung ist."

„Tja, so läuft das Spiel nun einmal", entgegnete Anubis verächtlich, „wer die Medien kontrolliert, kontrolliert die Gedanken der Menschen. Man lässt immer nur diejenige Version verbreiten, die man sich in den Köpfen der einfachen Bevölkerung wünscht. Das ist ja das perfide an all diesen von den Medien verbreiteten Unwahrheiten. Und niemand bemerkt diese teuflische Unterjochung, weil eben nie jemand dieses Lügensystem kritisch hinterfragt."

„Bravo, du hast den Nagel wieder einmal exakt auf den Kopf getroffen", ertönte plötzlich eine unheilverkündende Stimme hinter zwei grossen Kühlschränken hervor. „Ich habe schon von Anfang an gewusst, dass du ein aussergewöhnlich kluger Junge bist – im Gegensatz zu deinem einfach gestrickten Bruder."

Dann trat die bedrohlich dunkle Gestalt eines Mannes ans Licht, der eine Pistole in der Hand hielt.

„Fennek", murmelte Anubis mit gesenktem Blick, „jetzt ist alles aus."

„Nun, da du bereits so viele Geheimnisse gelüftet hast, werde ich dir gleich noch ein weiteres verraten", säuselte Fennek in bittersüss zynischem Tonfall: „Greife den König nur dann an, wenn du ihn erledigen kannst – denn sonst erledigt er dich. Zu schade, dass du das immer noch nicht kapiert hast. Aber jetzt ist es leider zu spät für euch, meine Freunde."

„Moment mal, Fennek", stotterte Anubis verdattert, „du … du willst uns doch nicht etwa umbringen, oder?"

„Oh nein, keine Angst", lachte Fennek laut heraus, „das werdet ihr schon selber für mich erledigen. Oder habt ihr etwa noch nie davon gehört, wie die Illuminaten ihre Opfer zum Selbstmord zwingen? Oder besser gesagt: Wie sie einen hübschen kleinen Unfall arrangieren?"

„Was? Die Illuminaten? Sag bloss, du bist auch einer von denen", erwiderte Anubis schockiert. „Und ich habe immer gedacht, dass ..."

„Ach, überlass das Denken lieber denjenigen, die etwas davon verstehen, zum Beispiel mir", unterbrach ihn Fennek grosskotzig. „Aber jetzt, wo dein letztes Stündlein sowieso geschlagen hat, kann ich es dir ja erzählen: Jawohl, ich bin unter anderem auch ein offiziell anerkannter, hochrangiger Grossmeister der Illuminaten. Genauer gesagt bin ich gleichzeitig in mehreren, fernab vom Scheinwerferlicht der Öffentlichkeit operierenden Logen tätig, die bei den unwissenden, dummen Leuten seit Jahrhunderten ehrfürchtig als Geheimbünde bezeichnet werden. So ähnlich wie der Papst und sein ganzes Kabinett, wenn du weisst, was ich meine. Jedenfalls wissen nur ein paar erlesene, vollständig eingeweihte Personen höchsten Ranges, dass ich so etwas wie das allsehende Auge bin, das sich sozusagen zuoberst auf der Pyramide befindet. Absolut nichts von weltpolitischer Bedeutung geschieht, ohne dass ich davon weiss."

„Die Pyramide mit dem allsehenden Auge der totalen Überwachung", meldete sich Annette zu Wort. „Ein allseits bekanntes Symbol der Illuminaten, das sich auf jeder amerikanischen Dollarnote befindet."

„Richtig erkannt, junge Dame", grinste Fennek hämisch, „aber auch der amerikanische Dollar wird nicht mehr lange existieren. Der totale Börsencrash ist nämlich schon längst vorprogrammiert. Und danach wird es eine neue Währung geben, die wir voraussichtlich auf den vielversprechenden Namen Amero taufen werden. Diese wiederum wird lediglich eine Vorstufe der künftigen, einheitlichen Weltwährung sein und steht symbolisch für die geheimen Verbindungen zwischen Amerika und Europa, von denen der normale Durchschnittsbürger natürlich wie üblich nichts weiss. Aber das werdet ihr leider nicht mehr miterleben."

Allmählich kam der mächtige Mann, der sich selber am liebsten reden hörte, so richtig in Fahrt. Aus einer spontanen Plauderlaune heraus erzählte er in aller Seelenruhe noch ein bisschen weiter, obschon die Polizei jederzeit in der Hotelküche eintreffen konnte. Aber Fennek wusste natürlich nur zu gut, dass sie nichts gegen ihn und seine allmächtige Verschwörungsbande ausrichten konnte. Deshalb zelebrierte er diesen illuminatischen Totentanz mit seinen Opfern genüsslich, so wie eine Katze mit einer Maus spielt, bevor sie ihre Beute eiskalt zerfleischt.

„All dies und noch viel mehr wird übrigens schon seit vielen Jahren von der Unterhaltungsindustrie in Hollywood vorausgesagt", plapperte Fennek munter weiter. „Ich muss wohl nicht extra betonen, dass die Filmbranche ebenfalls schon vor langer Zeit von uns infiltriert und folglich immer mehr mit illuminatischem Gedankengut durchtränkt wurde. Womit wir wieder bei meinen Lieblingsthemen *Bewusstseinskontrolle* und *Massenhypnose* angelangt wären."

„Was nichts anderes ist als eine moderne Form von Hexerei und schwarzer Magie", rief Anubis empört.

„Heutzutage kennt doch jedes Kind die verschiedenen Methoden, mit denen man das Unterbewusstsein der Bevölkerung, die sich ahnungslos von der Unterhaltungs- und Werbeindustrie ständig berieseln lässt, unterschwellig beeinflussen kann. Ich denke da zum Beispiel an *Predictive Programming*, also die Programmierung beziehungsweise Manipulation der Hirnfrequenzen."

„Bingo!" Fennek schnippte zu seinem Ausruf lässig mit den Fingern und fuhr redselig fort: „Im Prinzip wenden wir dieselben Methoden an wie bei der Tierdressur, um die Menschen gefügig zu machen. Deshalb stellt natürlich auch der Mikrochip, der bei Haustieren implantiert wird, bloss eine Vorstufe dar, um die grosse Masse der Menschen allmählich an den Chip zu gewöhnen, ehe sie selber einen verpasst kriegt. Wenn dann die Zeit reif ist, werden die Menschen sich diesem System freiwillig unterwerfen und sogar noch dafür bezahlen, so unglaublich dumm sind diese Robotermenschen, haha. Und wer sich diesem perfekt ausgeklügelten System widersetzt, wird von der Gesellschaft völlig ausgeschlossen sein. Alle Mikrochipverweigerer und sonstige Widersacher werden zukünftig nämlich dermassen isoliert sein, dass sie in der Öffentlichkeit weder etwas kaufen noch verkaufen können. Auch das Reisen in andere Länder oder das Benützen öffentlicher Verkehrsmittel wird für Leute, die sich weigern mitzumachen, nicht mehr möglich sein. Ganz zu schweigen vom Gesundheitssystem, das ..."

„...ach, hör doch auf", schrie Anubis genervt. „Du glaubst doch nicht etwa im Ernst, dass ihr mit dieser Nummer durchkommt? Eines Tages wird euch eure luziferische Ideologie zum Verhängnis werden, und dann werdet ihr dafür bezahlen. Wenn es soweit ist, werden euch auch all die geisteskranken Rituale und Menschenopfer, die ihr jeweils bei Blutmond durchführt, nichts mehr nützen. Denn früher oder später wird die Gerechtigkeit immer siegen, merk dir das, du verblendeter Trottel. Aber was sage ich da, im Grunde genommen müsste man so einen wie dich bemitleiden, denn du bist nichts weiter als ein erbärmliches Werkzeug des Bösen. Ein gestörter, irrer Möchtegern-Übermensch."

„Und dir wird deine stinkfreche Art noch viel früher zum Verhängnis werden, das kannst du mir glauben", knurrte der in seinem Stolz verletzte Fennek auf einmal ungewohnt bissig. Tief in seinem Inneren konnte er es nämlich überhaupt nicht ertragen, dass ihn so ein unerfahrener, junger Grünschnabel wie Anubis ständig durchschaute und vor allen blossstellte. Nur schon das allein rechtfertigte nach seinem verdrehten Weltbild einen Mord, den er ohne jegliche Gewissensbisse verüben lassen konnte.

Ja, seines Erachtens war es sogar geradezu seine heilige Pflicht, alle Arten von lästigen Querulanten, Schnüfflern und sonstigen unbequemen Zeitgenossen aus dem Weg zu schaffen. Immerhin hatte Fennek schon genügend Übung darin. Denn nur schon allein in Hollywood hatten die Illuminaten während der letzten paar Jahre unzählige aufmüpfige Schauspieler, Musiker und Popstars eliminiert, die zu viel wussten und die breite Öffentlichkeit über die Klatschpresse aufklären wollten. Obschon all diese am Reisbrett konstruierten, berühmten Schachbrettfiguren, die ihr Ego genüsslich im Rampenlicht sonnten, natürlich bloss zu Propagandazwecken benutzt wurden und von den wahren Absichten der Hintermänner in den meisten Fällen keinen blassen Schimmer hatten.

Aber wer für ein bisschen Geld und Ruhm quasi seine Seele dem Teufel verkaufte, der musste halt auch die Konsequenzen für sein Handeln tragen.

Jedenfalls wurde keiner dieser hinterhältigen Morde jemals vollständig aufgedeckt, da sie jedes Mal mit geradezu diabolischer Präzision als Selbstmorde oder Unfälle inszeniert wurden. Und nun sah es ganz so aus, als ob Annette und Anubis dasselbe tragische Schicksal erleiden würden, obwohl sie bloss einfache, unbekannte Menschen mit einem ausgeprägten Sinn für Gerechtigkeit waren.

Weil diese ganze Diskussion in der Hotelküche allmählich ein bisschen ermüdend wurde, stützte sich Fennek, der auch nicht mehr der Jüngste war, mit einer Hand auf einem der riesigen Kochtöpfe ab. Die andere Hand, in der er immer noch die geladene Waffe hielt, baumelte schlaff an seinem Körper hinunter. Eigentlich war er momentan, nach all dem Trubel, nicht wirklich in der Stimmung, jemanden umzulegen. Abgesehen davon wusste er so auf die Schnelle auch nicht, wie er die ganze Sauerei, die er hier gleich anrichten würde, anschliessend am besten als Selbstmord oder Unfall tarnen sollte.

Während Fennek sich geistesabwesend an den Riesenkochtopf anlehnte und überlegte, erkannte die stets aufgeweckte Annette die Gunst der Stunde, die sie ohne zu zögern nutzte. Mit einer blitzschnellen Bewegung löste sie die Kette, an welcher der schwere Eisenstahldeckel für den Kochtopf befestigt war.

Im Bruchteil einer Sekunde sauste der Deckel auf den Topf nieder und klemmte Fenneks linke Hand ein. Dieser schrie vor Schmerz so laut auf, dass man das knackende Geräusch von brechenden Fingern nicht hören konnte.

Gleichzeitig liess er die Pistole, die er in der Rechten gehalten hatte, zu Boden fallen. Dann ergriff Annette einen mit Essensresten gefüllten Abfalleimer und stülpte diesen dem unter Schock stehenden Fennek über den Kopf, während sie mit dem Fuss gleichzeitig die auf dem Fussboden liegende Waffe wegkickte. Nun wurde auch Anubis aktiv, der bisher nur staunend zugeschaut hatte. Eilig entrollte er den Wasserschlauch, der normalerweise dazu diente, die massiven Kochtöpfe auszuwaschen, und fesselte damit Fenneks Beine an das Geländer der Treppe, die von der Küche direkt in den Weinkeller führte.

Dann verpasste er dem hochrangigen Mitglied diverser Geheimbünde zusätzlich eine saftige Kopfnuss, indem er mit der Faust hart auf den stinkenden Eimer schlug, der immer noch über Fenneks Kopf gestülpt war. Die heraustropfende Tomatensauce kleckerte ein hübsches, kaleidoskopartiges Muster auf Fenneks Hemd, das eben noch schick und weiss gewesen war. Aber immerhin passten die glitschigen Spaghetti vom Vortag, die wie fettige Haarsträhnen aus dem Abfalleimer gepresst wurden, farblich wunderbar zu seiner beigen Krawatte.

„Da hast du deine neue Weltordnung, du blöder Psychopath", lachte Anubis, der sich durch diesen plötzlichen Adrenalinschub so wach und lebendig wie noch nie zuvor fühlte.

„Guten Appetit!"

„Du sagst es", rief Annette triumphierend, „und jetzt nichts wie weg hier, bevor der wieder zu sich kommt. Aber für die nächsten paar Minuten ist dieser Clown bestimmt ausser Gefecht gesetzt."

„Das war wirklich ganz grosse Klasse von dir, Annette", lobte Anubis seine Gefährtin. „Du hast uns beiden gerade eben das Leben gerettet, ist dir das klar?"

Doch jetzt blieb keine Zeit für grosse Lobhudeleien, deshalb hasteten die beiden schnell zum Hinterausgang und endlich raus aus der Küche. Anschliessend spurteten sie querfeldein durch den Gemüsegarten des Hotels und kletterten über den Sicherheitszaun, ohne auch nur ein einziges Mal zurückzublicken. Die glorreiche Erkenntnis, dass sie soeben dem Tod von der Schippe gesprungen waren, verlieh ihnen buchstäblich Flügel, so dass sie fast über den Zaun flogen. Auf der anderen Seite rannten sie, von der Angst getrieben, einfach weiter und weiter, bis sie schliesslich irgendwann unter einem grossen Baum im Park anhielten und völlig abgekämpft auf die Knie sanken.

Aber diese Erschöpfung war nicht so tragisch, denn der angeborene menschliche Fluchtinstinkt hatte seinen dafür vorgesehenen Zweck erfüllt und ihre Körper mit einer Extraportion Energie versorgt, damit sie diese brenzlige Situation unbeschadet überstehen konnten.

Angriff ist die beste Verteidigung

Nachdem die beiden eine Weile gerastet und am friedlich vor sich hin plätschernden Brunnen genug getrunken hatten, brach Annette schliesslich das bedrückte Schweigen.

„Sag mal, Anubis", begann sie zögerlich, „hast du eigentlich schon mal etwas von dieser sogenannten Agenda 2030 gehört?"

„Oh ja, das habe ich", antwortete er schwermütig, „die hängt mit der neuen Weltordnung zusammen, nicht wahr? Fennek hat mich gestern kurz darüber informiert. Dabei hat er irgendwelches obskures, wirres Zeug gefaselt. Zum Beispiel sagte er, dass sie gerade dabei seien, das genetische Muster der Menschheit zu verändern und so weiter."

„Heute Morgen habe ich auf dem Hotelflur heimlich ein Gespräch zwischen zwei Männern belauscht", redete sich Annette den Kummer von der Seele. „Sie haben über eine bereits fix und fertig geplante Massenzwangsumsiedelung gesprochen."

„Wie bitte? Eine Massenzwangsumsiedlung?"

„Ganz genau, und zwar nannten sie dieses Programm schlicht die *Operation: Umsiedlung*. Aber was sich dahinter verbirgt, ist einfach nur unvorstellbar grauenhaft. In Amerika haben sie bereits mehrere Erziehungslager errichtet, oder besser gesagt: Arbeitslager mit Todesgarantie. Parallel dazu hat die Regierung auch schon mehrere hunderttausend extra grosse Särge zimmern lassen, in denen jeweils fünf Menschen gleichzeitig Platz haben."

„Das ist ja ungeheuerlich. Aber wozu denn das? Etwa, um sämtliche Terroristen auf diesem Erdball diskret verschwinden zu lassen?"

„So ähnlich", fuhr Annette, die nur schon beim Erzählen eine dicke Gänsehaut bekam, aufgeregt fort. „Das Problem ist nur, dass zukünftig jeder Bürger, der es wagt, die Regierung zu kritisieren, als Terrorist eingestuft wird. Die Menschen sollen dann in drei Kategorien eingeteilt werden. Erstens die ahnungslosen und somit für das System ungefährlichen Arbeitssklaven. Zweitens diejenigen, die zwar von den pechschwarzen Plänen der satanischen Agenda 2030 wissen, sich aber nicht aktiv dagegen wehren. Drittens ...".

„Lass mich raten, wer zur dritten Kategorie zählt", unterbrach Anubis seine Kollegin, „vermutlich Leute wie wir, die über diese versklavenden Weltherrschafts-pläne Bescheid wissen UND sich aktiv dagegen wehren, stimmt's?"

„Du hast es erfasst", seufzte Annette gequält lächelnd. „Und genau für diese Menschen der dritten Kategorie sind diese im wahrsten Sinne des Wortes todsicheren Vernichtungslager erstellt worden. Und scheinbar haben die Dirigenten, die dieses weltumspannende Terroristenorchester geschickt lenken, bereits damit begonnen, Aufsichtspersonal für ihr Projekt zu rekrutieren. Denn auch diese Kreaturen müssen zuerst durch gehirnwäschemässige Propaganda entsprechend umgepolt werden. Und zwar so, dass sie gar nicht erst auf die Idee kommen, ihre schreckliche Aufgabe jemals zu hinterfragen. Kritik wird nicht geduldet. Schon gar nicht von Soldaten, Regierungsangestellten oder anderen auf irgendeine Weise an diesem Genozid beteiligten Schachbrettfiguren."

„Tja, das wär's dann wohl gewesen", murmelte Anubis traurig. „Der Auftakt zu einer weltweiten Diktatur hat begonnen. Wenn jetzt nicht irgendein Wunder geschieht, wird dies mit Sicherheit den endgültigen Niedergang der Zivilisation bedeuten, die wir heute kennen. Genauso wie damals in Atlantis, als die unstillbare Machtgier der Herrscher schlussendlich alles zerstörte. Aber wenn die Menschheit nichts dazu gelernt hat, dann haben wir wohl auch nichts Besseres verdient. Was auch immer passieren mag, ich werde auf jeden Fall lieber gegen die neue Weltordnung ankämpfen und als freier Mann sterben, als dass ich zu einem dieser künstlichen Designer-Menschen mutiere, die wie Laborratten in einer klinischen Welt leben müssen."

Aus einer spontanen Gefühlsregung heraus ergriff Annette Anubis' Hand und drückte sie sanft.

„Wer weiss, vielleicht besteht ja trotz allem noch ein Funken Hoffnung", sagte sie aufmunternd. „Es müsste einfach so schnell wie möglich eine gewisse Anzahl von kritischen Menschen erreicht werden; Menschen, die endlich aus dem geistigen Tiefschlaf aufwachen und sich gemeinsam gegen diese verflixte neue Weltordnung wehren."

„Du meinst zukünftige Bürger der Kategorie drei, also sozusagen freiwillige Todeskandidaten", lachte Anubis bitter.

„Ich meine es ernst, Galgenhumor hin oder her", versicherte Annette mit Nachdruck. „Jetzt können wir den Aufbau dieser dunklen Parallelwelt vielleicht noch stoppen und das Schlimmste verhindern. Aber schon sehr bald wird es zu spät sein. Was könnten wir also tun, um die Menschen zu warnen?"

„Wenn ich das wüsste ..." Anubis zuckte ratlos mit den Schultern und fuhr fort: „... dann würde ich es dir sagen, das kannst du mir glauben. Aber es wird vermutlich keine leichte Aufgabe sein, all die egoistischen Wohlstandsbürger aus ihrer selbstzufriedenen Lethargie, aus ihrer synthetisch-materiellen Scheinglückseligkeit zu reissen. Zu viele von ihnen leben buchstäblich in den Ruinen ihrer festgefahrenen Gewohnheiten. Dafür wird das Erwachen eines Tages umso heftiger ausfallen."

„Hey, jetzt ist mir gerade eben eine zündende Idee gekommen", schnippte Annette plötzlich nervös mit den Fingern. „Wieso schreiben wir nicht einfach alle unsere bisherigen Erkenntnisse fein säuberlich auf und informieren die Medien?"

„Ach, das ist doch zwecklos", winkte Anubis ab, „du weisst ja, dass sämtliche kommerziellen Medienorgane ferngesteuert sind und nur das veröffentlichen, was ihnen vorgegeben wird. Niemand würde sich getrauen, derart hochbrisante Informationen einfach so in die Welt hinauszuposaunen. Und falls doch, würden die meisten Leute sowieso entweder nur empört den Kopf schütteln oder sich darüber lustig machen."

„Wahrscheinlich liegst du mit dieser Einschätzung richtig, aber ein Versuch wäre es trotzdem wert, oder etwa nicht? Ich meine, wir haben eh nichts mehr zu verlieren und abgesehen davon stehen wir jetzt sowieso auf der Abschussliste dieser pseudoelitären Mafia. Mit anderen Worten: Wenn wir irgendetwas unternehmen wollen, dann müssen wir jetzt sofort handeln, bevor es zu spät ist."

Anubis überlegte kurz, dann antwortete er entschlossen: „Du hast recht, wir sollten das Eisen schmieden, solange es noch heiss ist. Also los, packen wir es an. Wie heisst es doch so schön: Angriff ist die beste Verteidigung."

Angetrieben vom starken Wunsch, die Welt vor einer drohenden Diktatur zu bewahren, rappelten sich Annette und Anubis mit frischem Mut auf. Die beiden waren nun bereit, alles dafür zu tun, die Menschen vor den niederträchtigen Plänen der wahren Machthaber dieser Welt zu warnen. Noch ahnten sie nicht, dass sie mit ihrem äusserst gewagten Vorhaben einen politischen Dominoeffekt auslösen würden, den die zukünftigen Generationen im Geschichtsunterricht später ehrfürchtig als die sogenannte *Revolution des Bewusstseins* bezeichneten. Aber zum jetzigen Zeitpunkt sah die Lage alles andere als rosig aus.

„Wir sollten zurück zum Tatort", schlug Annette plötzlich aus heiterem Himmel vor. „Wer weiss, vielleicht gelingt es uns dort, mitten im Getümmel, irgendein Kamerateam eines Fernsehsenders auf uns aufmerksam zu machen."

„Was? Zurück zum Hotel?", entgegnete Anubis entgeistert. „Bist du verrückt? Wenn wir dort Fennek oder einem seiner Schergen in die Arme laufen, sind wir geliefert. Das heisst, falls uns seine privaten Heckenschützen nicht schon vorher aus dem Hinterhalt abknallen."

„Ach was, die werden uns wohl kaum vor der versammelten Weltpresse lynchen, so dumm sind die nun auch wieder nicht", erwiderte Annette beharrlich. „Ausserdem rechnet doch sowieso niemand damit, dass ein

Täter freiwillig an den Tatort zurückkehrt. Obwohl die meisten das aus irgendeinem unerklärlichen Grund trotzdem tun. Zumindest hat man mir das in der Ausbildung so beigebracht."

„Na schön, angenommen wir marschieren jetzt einfach mal so ganz unauffällig zum Ort des Geschehens zurück", überlegte Anubis laut, „was könnten wir dort schon gegen diese Übermacht ausrichten? Wohl nicht allzu viel, vermute ich."

Doch im selben Augenblick erschien vor seinem inneren Auge ein Engel Namens Amelie und rief ihm zart folgende Worte ins Bewusstsein:

„Erinnere dich an die Zukunft, Anubis. Du bist hier, um die Revolution des Bewusstseins ins Rollen zu bringen. Hab keine Angst, die lichtvolle, geistige Welt wird dich beschützen. So steht es in der Akasha-Chronik geschrieben und so soll es sein."

Mit einem Schlag waren alle eben noch vorhandenen Zweifel wie weggefegt und Anubis wurde sich seiner irdischen Aufgabe wieder bewusst. Dank dieser sanften Erinnerung von seiner kosmischen Beschützerin Amelie änderte sich schlagartig sein Blickwinkel, der momentan ein weltlicher und somit ein beschränkter war. Praktisch von einer Sekunde auf die andere betrachtete er die Dinge nicht mehr im Licht einer einzigen, kurzen Lebensspanne, sondern von einer viel höheren, universellen Warte aus. Diese neu gewonnene Sichtweise eröffnete ihm eine völlig ungetrübte Denkweise.

„Du hast wie immer recht, meine liebe Annette", beantwortete Anubis seine vorherige Frage gleich selber. „Lass uns also in die Höhle des Löwen zurückkehren. Irgendetwas wird uns dort schon einfallen, davon bin ich überzeugt."

Ein wenig irritiert über den plötzlichen Sinneswandel ihres Begleiters nickte Annette ihm lächelnd zu. Dann marschierten die beiden Schicksalsgefährten in dieselbe Richtung zurück, aus der sie soeben geflüchtet waren.

Die Revolution des Bewusstseins

Als sie etwa zwanzig Minuten später erneut die Hotelanlage erreichten, war immer noch die Hölle los. Inzwischen hatten sich dort nebst Schaulustigen, Friedensaktivisten und Polizisten auch ein gutes Dutzend Journalisten sowie sonstige Medienvertreter aller Art versammelt. Praktisch an jeder Ecke filmte irgendein Kamerateam die aktuellsten Ereignisse und übertrug alles live in sämtliche Wohnzimmer dieses Erdballs. Um der Weltöffentlichkeit ihre eigene, wie immer hübsch verpackte Version der Dinge zu vermitteln, hatten sich einige Abgeordnete der *elitären Führungsschicht* möglichst unauffällig unter das Volk gemischt. Diese Männer und Frauen gaben der Presse nun mit Unschuldsmiene bereitwillig Interviews, in denen sie mit treuherzigem Blick das Blaue vom Himmel herunterlogen.

Im allgemeinen Gewühl kämpften sich Annette und Anubis ebenfalls zu einer Nachrichtenreporterin vor, die gerade einen piekfein herausgeputzten Mann vor laufender Fernsehkamera befragte. Anubis erkannte den schmierigen Typ natürlich sofort wieder, denn es handelte sich um Lars, den Pharmaboss, mit dem er am Morgen bereits ein kleines Privatgespräch im Sitzungszimmer geführt hatte.

Während Lars mit der einen Hand wild in der Gegend herum gestikulierte, umklammerte er mit der anderen fest seine schwarze Mappe. Und zwar genau diejenige schwarze Mappe mit all den geheimen Dokumenten, in denen Anubis vor ein paar Stunden heimlich herumgeschnüffelt hatte.

„Wir wollten hier bloss ganz friedlich unsere alljährliche Konferenz abhalten", gab Lügen-Lars der Presse zu Protokoll, „als wir plötzlich von einigen Demonstranten massiv gestört wurden, die kurz darauf sogar unser eigenes Sicherheitspersonal tätlich angriffen. Nachdem wir die Polizei informiert hatten, kam es zu weiteren gewalttätigen Auseinandersetzungen, die schliesslich in einer wilden Schiesserei endeten. Ich weiss auch nicht, was diese Leute von uns wollen. Aber auf jeden Fall sind sie extrem aggressiv, und wie sie gesehen haben auch zu allem bereit."

Als Anubis diese dreiste Lüge zufällig mitanhörte, platzte ihm endgültig der Kragen. Ohne grossartig nachzudenken, stürmte er impulsiv direkt vor die Fernsehkamera und riss der verblüfften Reporterin kurz entschlossen das Mikrofon aus der Hand.

„Das alles stimmt überhaupt nicht", brüllte er entrüstet in die Kamera. „Dieser Kerl hier lügt wie gedruckt."

In diesem emotionalen Augenblick dachte Anubis keine Sekunde daran, dass gerade Millionen von Fernsehzuschauer in aller Welt live mitverfolgten, was für brisante Geheimnisse er soeben enthüllte. Unter diesen Zuschauern befanden sich unter anderem seine Mutter und sein Bruder Charon-Hades, die sich zu Hause in der warmen Stube ungläubig die Augen rieben.

„Bei diesem Anlass handelt es sich nicht im Geringsten um eine gewöhnliche Konferenz von irgendwelchen harmlosen Politikern und Wirtschaftsvertretern, sondern um ein streng geheimes Treffen von machtgierigen Tyrannen", erklärte Anubis hastig, denn er ahnte, dass ihm nicht viel Zeit blieb.

„Das Endziel dieser Herrschaften ist die Gleichschaltung sämtlicher Länder dieser Erde, inklusive ihrer Bewohner. Das Ergebnis dieser angestrebten, vollständigen Kontrolle wird eine Bevölkerung sein, die auf dem ganzen Kontinent nur noch einen unterdurchschnittlich entwickelten Intelligenzquotienten hat. Also Menschen, die zu dumm sind, um irgendetwas zu begreifen, aber gut genug, um zu arbeiten und diesem totalitären System zu dienen, solange sie nützlich sind. Widerstand gegen die neue Weltordnung wird nicht geduldet, jegliche individuelle Meinungsfreiheit wird unterdrückt. Gemäss dem Plan dieser Herrscher muss zuerst die ganze Welt in Armut, Chaos und Gewalt versinken. Denn erst dann werden die Menschen dazu bereit sein, eine neue, einheitliche Führung mit offenen Armen zu akzeptieren. In Wahrheit wird dies jedoch die schrecklichste Diktatur werden, die jemals ..."

Mitten im Satz entriss ihm Lars das Mikrofon und schubste Anubis grob beiseite.

„Dieser fehlgeleitete junge Mann hat absolut keine Ahnung", rief er sichtlich aufgebracht ins Mikrofon, während die Kamera immer noch angeschaltet war, „denn er ist ein typischer Vertreter einer neuen Generation, die alles haben will, ohne etwas zum Allgemeinwohl beizutragen. Solche Leute sind eine unerträgliche Last für jede gut funktionierende, moderne Gesellschaft. Die Zeiten werden immer wirrer, deshalb müssen wir alle verantwortungsbewusst handeln und können keine Fehltritte irgendwelcher dahergelaufener Träumer und romantisch veranlagter Möchtegern-Weltverbesserer tolerieren, die meinen, ständig aus der Reihe tanzen zu müssen."

Inzwischen hatte sich Anubis wieder aufgerappelt. Nun war er buchstäblich ausser sich vor Wut. Wie ein wilder Stier raste er auf Lars zu und riss ihn in Sekundenschnelle zu Boden. Während sich die beiden ein von einem Millionenpublikum von Fernsehzuschauern live mitverfolgtes, filmreifes Handgemenge lieferten, schnappte sich Annette in der Hitze des Gefechts das heiss begehrte Mikrofon und plapperte einfach drauflos, was ihr gerade spontan zur aktuellen Lage einfiel.

„Leute, bitte hört mir zu", sprach sie mit einem herzzerreissenden, verzweifelten Gesichtsausdruck in die Kamera: „Diverse untereinander vernetzte Gruppierungen, die überall auf dem Globus geheime Treffen wie dieses hier abhalten, sind gerade dabei, die Welt neu zu ordnen – und zwar nach ihren Vorstellungen von Ordnung. Wir müssen aufwachen, bevor es zu spät ist. Denn die Reichen und Mächtigen wollen nicht, dass einzelne Nationen oder Individuen ihre eigenen Interessen vertreten. Was sie wollen, ist eine gezielt herbeigeführte Destabilisierung, insbesondere in den Ländern Europas.

Ein Mittel dazu sind kalkulierte Völkerwanderungen von geradezu biblischem Ausmass. Bestimmte Kreise haben im Nahen Osten Kriege finanziert, um solche Flüchtlingsströme absichtlich auszulösen. Ihr Ziel besteht darin, durch die Vermischung der verschiedenen Rassen, Kulturen und Religionen die Menschen gegeneinander aufzuhetzen und als Resultat dieser ethnischen Spannungen das grösste Chaos zu produzieren, das die Menschheit jemals gesehen hat. Zusammen mit der parallel dazu in die Wege geleiteten Wirtschaftskrise sollen die Bürger so lange in Angst und Schrecken versetzt werden, bis sie von alleine nach einer neuen, einheitlichen Ordnung verlangen. Dann endlich, wenn die von staatlich bezahlten Meinungssaboteuren geschürten Existenzängste für die meisten Menschen unerträglich werden, wird die Zeit reif sein für die von langer Hand geplante, neue Weltordnung. Der Anfang vom Ende, falls wir nicht vorher ..."

Plötzlich sauste irgendein kleiner, harter Gegenstand aus Hartgummi durch die Luft und traf Annette genau am Hinterkopf. Wie Anubis kurz zuvor, sollte auch sie daran gehindert werden, vor laufender Kamera die Wahrheit auszusprechen. Stöhnend sackte die mutige junge Frau zusammen und blieb regungslos auf dem kalten Asphalt liegen. Niemand konnte in diesem heillosen Durcheinander eruieren, welcher Feigling das Wurfgeschoss aus dem Hinterhalt abgefeuert hatte.

Auf jeden Fall brach nun endgültig das Chaos aus. Aufgestachelte Polizisten setzten Tränengas und Gummischrot ein, so dass die eben noch friedlichen Globalisierungsgegner wie auch die anwesenden Gaffer in Panik gerieten und sich mit Händen und Füssen gegen den Angriff wehrten.

Mitten im Gewühl befanden sich natürlich auch die privaten Sicherheitskräfte der Herrschenden, die sich an solch kriegerischen Schauplätzen pudelwohl fühlten und fleissig mitmischten. Abseits der Fernsehkameras prügelten sie rücksichtslos auf unbescholtene Menschen ein, die sich mehr oder weniger zufällig am Ort des Geschehens befanden. Innert kürzester Zeit entbrannte eine regelrechte Strassenschlacht, bei der sich Dutzende von Menschen gegenseitig auf die Fresse gaben, ohne eigentlich genau zu wissen weshalb.

Die Situation geriet dermassen ausser Kontrolle, dass sogar ansonsten neutrale Berichterstatter unter die Räder kamen. Schüsse fielen, Rauchpetarden wurden abgefeuert und zahlreiche Steine flogen bedrohlich durch die Luft. Aus eben noch gewöhnlichen Journalisten wurden plötzlich so etwas wie unfreiwillige Kriegsreporter, die dieses unglaubliche Ereignis so gut es ging dokumentierten.

In diesem dramatischen Moment dachte keiner der Beteiligten daran, dass gerade die ganze Welt zuschaute, wie die Lage immer mehr eskalierte.

„Sollte tatsächlich etwas dran sein an dieser viel zitierten Geschichte mit der neuen Weltordnung", keuchte ein Reporter mit zittriger Stimme ins Mikrofon, „dann ist das, was wir hier gerade erleben, wohl lediglich ein kleiner Vorgeschmack auf das, was uns in Zukunft noch erwartet."

Dann fiel ein Schuss und eine Sekunde später sackte der Mann tot zusammen. Erschossen von einem feigen Heckenschützen, der vom Hoteldach aus, bewaffnet mit Gewehr und Zielfernrohr, Jagd auf seine sorgfältig ausgesuchte Beute machte. Der getroffene Reporter starb nur wenige Meter neben der Stelle, an der sich Anubis eben um die immer noch ziemlich benommene Annette kümmerte.

„Verdammt, wir müssen hier schleunigst weg, bevor die alle massakrieren", dachte er, während er Annette sachte auf seine Schulter hob. In einem letzten, verzweifelten Versuch, der Welt den Ernst der Lage klarzumachen, robbte er mitsamt Annette auf der Schulter zum toten Reporter hinüber und packte erneut das am Boden liegende Mikrofon.

„Seht alle her und prägt euch diese Bilder gut ein", krächzte er entkräftet dem Kameramann entgegen, der im Schockzustand immer noch alles wie paralysiert filmte, was sich da vor seinen Augen gerade abspielte.

„Wenn wir jetzt nicht gemeinsam etwas gegen die Architekten dieser neuen Weltordnung unternehmen, werden zukünftig noch viele weitere unschuldige Menschen sterben. Das dürfen wir uns nicht gefallen lassen. Ihr alle seid jetzt gerade Zeugen einer neuen Art von Revolution, die soeben begonnen hat. Doch nur, wenn wir alle am selben Strick ziehen und endlich unser von Geburt an programmiertes Denken ändern, wird diese Revolution des Bewusstseins weltweit erfolgreich sein. Denn nur gemeinsam können wir dieser uns aufgezwungenen Tyrannei ein Ende setzen, und zwar mit friedlichen Mitteln. Wir, das einfache Volk, haben die Macht, wenn wir alle zusammenhalten."

Obschon diese improvisierte Botschaft für einige Zuschauer natürlich etwas naiv klang, drangen diese Worte tief ins Massenbewusstsein der Zuschauer ein. Das heisst: Durch die plötzliche weltweite Aufmerksamkeit für dieses Thema wurde auf einen Schlag dermassen viel gedankliche Energie freigesetzt, dass im Weltgedächtnis, namentlich in der Akasha-Chronik, die Weichen für die Zukunft der Menschheit sozusagen neu gestellt wurden. Oder etwas weltlicher formuliert: Von diesem historischen Tag an hatten viele Menschen die Nase endgültig voll von all den Lügenmärchen, die ihnen von bestimmten Kreisen seit Jahrzehnten, oder vielmehr seit Jahrhunderten ständig aufgetischt wurden.

Eine dieser Lügen betraf die gesamte amerikanische Gesellschaft, deren Fundament einst von okkulten

Freimaurern gebildet wurde. Diese waren in Graden organisiert, wobei an der Spitze der Hierarchiestufe, genauer gesagt auf dem 33. Grad, der Oberste Rat stand. Seit der Unabhängigkeitserklärung im Jahre 1776 bestand das eigentliche Ziel der Machthaber einzig und allein darin, innerhalb von dreizehn vorgegebenen Zeitabschnitten schrittweise eine neue Weltordnung zu etablieren. Genau aus diesem Grund wimmelt es auf der amerikanischen Ein-Dollar-Note nur so von schwarzmagischen Symbolen. Zum Beispiel finden sich dort die dreizehnstufige Pyramide (für jeden Zeitabschnitt eine Stufe) oder die aus dreizehn Buchstaben bestehenden Worte ANNUIT OCEPTIS, was so viel bedeutet wie UNSER VORHABEN WIRD ERFOLGREICH SEIN. Das einfache Volk wird von der reichen Oberschicht dieses Planeten also schon seit langer Zeit belogen und zum Narren gehalten.

Jede einzelne Person, die jemals eine weltpolitische Führungsposition von Bedeutung innehatte, wusste genauestens Bescheid über die wahren Abläufe hinter der offiziellen Berichterstattung. Dazu gehört unter anderem auch die streng geheime Zusammenarbeit mit einigen niederen ausserirdischen Rassen, die wie ihre irdischen Erfüllungsgehilfen im Geiste ebenfalls nichts Gutes im Schilde führten. Im Laufe der Zeit haben die militärischen Geheimdienste fein säuberlich mehr als achtzig ausserirdische Rassen dokumentiert, und zwar mitsamt Namen, Herkunft sowie dem Typ der jeweiligen Flugobjekte. Viele dieser Spezies, die unzähligen Hollywoodfilmen als Vorlage dienen, sind auf der Erde bereits seit Jahrtausenden aktiv, wo sie meistens im Verborgenen operieren.

Allerdings hegen nicht alle diese Kreaturen friedliche Absichten, was mit der Zeit auch auf das Verhalten der menschlichen Rasse abfärbte. Somit ist die Tatsache nicht erstaunlich, dass die Machtgier und die latente Boshaftigkeit der Menschen quasi aus den unendlichen Weiten des Weltraums importiert und absichtlich in die menschliche DNA eingepflanzt wurde. Aber trotz all dieser schauderhaften Verflechtungen besteht dennoch ein Funken Hoffnung, dass sich eines Tages vielleicht doch noch alles zum Guten wenden wird. Schliesslich steht die winzige Erde zugleich auch unter einem höheren Schutz, dessen Quelle sich unermesslich weit über diesem unreifen, irdischen Kinderkram befindet. Und eben jene schützende Macht sorgt mit mathematischer Präzision dafür, dass von Zeit zu Zeit ein Reifeprozess, eine Art Quantensprung im menschlichen Denken stattfindet – eine sogenannte *Revolution des Bewusstseins*.

Dass gravierende Umbrüche im Weltgeschehen immer mit gewalttätigen Ausschreitungen verbunden sind, ist nichts Neues, und es sollte auch dieses Mal nicht anders sein. Während draussen auf der Strasse der wütende Mob tobte, sass Fennek in einem streng bewachten Hotelzimmer vor dem Fernseher und schaute sich eine Live-Reportage an, in der gezeigt wurde, was direkt gegenüber vor sich ging.

Als er die in seinen Ohren rebellisch klingende *Freiheitsrede* von Anubis hörte, in der dieser das Volk sozusagen gegen die autoritären Strukturen aufhetzte, platzte ihm jedoch endgültig der Kragen.

„Dieser Störfaktor muss endlich ausgeschaltet werden, und zwar ein für alle Mal", knurrte er grimmig, während er in einem Anflug von Aggression die

Zeitung auf dem kleinen Salontisch Blatt für Blatt zusammenknüllte und die Papierbälle genervt in Richtung Fernseher schmiss. Ohne eine weitere Sekunde zu zögern, erhob sich Fennek aus dem flauschigen Fernsehsessel und stapfte entschlossen zum Fenster, wo sich einer der diversen Scharfschützen platziert hatte.

„Siehst du den jungen Kerl dort drüben, der vor der Fernsehkamera steht mit dem Mikrofon in der Hand und der Frau auf den Schultern?", fragte er forsch.

„Jawohl Sir, Objekt lokalisiert", kam die roboterhafte Antwort wie aus der Pistole geschossen.

„Sehr gut, dann eliminiere das Objekt mit einem gezielten Kopfschuss …, am besten gleich mitsamt dem Mädchen, dann haben wir endlich Ruhe."

„Zu Befehl, Sir", erwiderte der junge Soldat pflichtbewusst, ohne irgendein Anzeichen von Emotion. Schliesslich war es sein Job, Befehle widerspruchslos auszuführen, ohne diese jemals zu hinterfragen. Nach jahrelangem militärischem Drill war er es gewohnt, auf Kommando Leute zu töten, ohne dabei auch nur ansatzweise mit der Wimper zu zucken. Mit geübten Bewegungen brachte sich der Bodyguard am Fenster des Hotelzimmers in Stellung und visierte mit dem Zielfernrohr seine ausgewählte Beute an: Anubis und Annette.

Zum selben Zeitpunkt befand sich Anubis immer noch auf der Strasse vor der Hotelanlage, mitten im Gewühl. Er hatte natürlich nicht die leiseste Ahnung, dass ungefähr hundert Meter Luftlinie entfernt gerade ein Auftragskiller auf ihn und Annette angesetzt wurde. Seine Gedanken waren vielmehr bei Annette, die am Hinterkopf eine leicht blutende Wunde hatte und allmählich wieder zu sich kam.

„Was ist passiert?", flüsterte sie benommen, „wo sind wir?"

„Keine Angst, meine Liebe, alles wird gut", entgegnete Anubis besänftigend, „ich bringe dich gleich zu einem Sanitäter, der dich verarztet."

Kaum hatte er diese Worte ausgesprochen, fühlte er seltsamerweise plötzlich das dringende Bedürfnis, sich hinzusetzen, da ihn wie aus dem Nichts eine bleierne Schwere erfasste. Anubis verdrängte dieses unangenehme Gefühl so gut es ging, denn momentan war beileibe nicht der günstigste Zeitpunkt, um sich auszuruhen.

Im selben Augenblick hatte der Leibwächter von Fennek seine endgültige Position am Hotelfenster eingenommen. Das Fadenkreuz des Zielfernrohrs war auf Anubis' Herzgegend gerichtet, der Finger bereits am Abzug. Doch exakt in dem Moment, als der Killer abdrücken wollte, flatterte völlig unerwartet ein Schwarm laut krächzender Vögel am Fenster vorbei.

„Verdammte Mistviecher", fluchte der Auftragsmörder gestresst, weil ihn die Vögel aus dem Konzept gebracht hatten, „jetzt muss ich nochmals neu zielen, dabei hatte ich das Objekt soeben perfekt im Visier."

„Macht nichts", wurde er von Fennek ermuntert, „Hauptsache, du legst die Nervensäge um. Auf ein paar Sekunden mehr oder weniger kommt es auch nicht mehr darauf an."

Anubis indessen hatte natürlich keinen blassen Schimmer, dass ein harmloser Vogelschwarm ihm soeben das Leben gerettet hatte. Dafür packte ihn erneut das starke Bedürfnis, sich unverzüglich auf den Fussboden zu setzen. Doch als er dieses unerklärliche Gefühl wiederum missachtete, schrie eine Art innere Stimme:

„Duck dich, und zwar SOFORT!"

Dieser Befehl durchflutete ihn mit einer dermassen eindringlichen Kraft, dass Anubis sich fast wie in Trance mitten in der Menschenmenge auf ein kleines Rasenstück am Strassenrand setzte und Annette behutsam neben sich auf die weiche Grünfläche legte.

Wenn zu diesem Zeitpunkt seine übersinnliche Wahrnehmung aktiviert gewesen wäre, dann hätte er problemlos sehen können, was für ein im wahrsten Sinne des Wortes himmlisches Schauspiel sich in den feinstofflichen Sphären um ihn herum gerade abspielte. Dort wirkte nämlich eine ganze Schar von hochschwingenden Lichtwesen, die ihn und Annette inmitten dieses irdischen Dramas beschützten. Bei der Anführerin dieser göttlichen Truppe handelte es sich um eine alte Bekannte namens Amelie, ihres Zeichens ehrenwerte Hüterin der Akasha-Chronik. Sie war es auch gewesen, die einerseits den Vogelschwarm und gleichzeitig eine telepathische Warnung – in Form eines extremen Müdigkeitsanfalls, der ihren Schützling ereilte – geschickt hatte. Das war buchstäblich eine Rettung in letzter Sekunde gewesen, die den hochkonzentrierten Auftragskiller endgültig zur Verzweiflung brachte.

„Das gibt es doch gar nicht", brummelte er zermürbt, während er das Gewehr kopfschüttelnd zur Seite legte. „Jetzt wollte ich zum zweiten Mal gerade abdrücken, da duckt sich dieser Kerl plötzlich und taucht in die Masse unter. Entweder hat der einen guten Schutzengel, oder einfach nur unverschämtes Glück."

„Oder du bist einfach nur ein unverschämter Anfänger", schnauzte Fennek den Bodyguard jähzornig an. Er war bekannt dafür, dass er manchmal innert kürzester

Zeit von einem seiner allseits gefürchteten Wutanfälle gepackt wurde und dann komplett ausrastete.

„Schutzengel, Glück, Zufall …, was soll denn der Schwachsinn? Langsam reisst mir der Geduldsfaden, Junge. Komm, gib mir die Knarre, dann zeige ich dir mal, wie echte Profis einen solchen Job erledigen."

Im Affekt schnappte sich der impulsive Fennek das vollautomatische Gewehr, stellte sich ohne jeglichen Feuerschutz ans offene Fenster und zielte blindlings in die Menge. Ihm war es völlig egal, wieviel Menschen er töten musste, solange er schlussendlich Anubis vor die Flinte kriegte. Ziel dieser improvisierten Aktion war es, sich quasi den Weg freizuschiessen, bis er schliesslich freie Bahn hatte, um auf Annette und Anubis zu zielen.

In diesem Moment fühlte sich Fennek jedoch so mächtig und unbesiegbar, als ob er der alleinige Herrscher der Welt wäre. Offensichtlich vom Grössenwahn ergriffen, lehnte er sich mitsamt der Waffe im Anschlag aus dem offenen Fenster in der absolut irren Absicht, unten auf der Strasse ein schreckliches Blutbad anzurichten. Doch gerade als der ansonsten bedacht und diszipliniert wirkende Mann mit seinem jähzornigen, menschenverachtenden Amoklauf beginnen wollte, krachte irgendwo ein Schuss.

Im selben Augenblick zuckte Fennek schockiert zusammen, während er mit erschrockenem Gesichtsausdruck auf die Blutfontäne starrte, die aus der getroffenen Arterie seines linken Beines spritzte. Dann verlor er das Gleichgewicht und kippte im Zeitlupentempo über die niedrige Brüstung, die sich vor dem Hotelfenster befand. Stumm wie ein soeben gefangener Fisch, der hilflos im Netz des Todes zappelte, liess er alles wehrlos mit sich geschehen.

Es schien zwecklos, sich gegen das Schicksal aufzulehnen, das sich auf einmal gegen ihn gewendet hatte. Die Maschinenpistole noch in der Hand, stürzte Fennek mit vor Schreck weit aufgerissenen Augen vom vierten Stockwerk in die Tiefe. Kurz darauf lag sein Körper zerschmettert unten auf dem Parkplatz – der durchtriebene Wüstenfuchs war mausetot. Ein aufmerksamer Polizeibeamter, namentlich der Chef Harry Grünspecht höchstpersönlich, hatte den bewaffneten Amokschützen am Hotelfenster gerade noch rechtzeitig bemerkt und ohne zu zögern auf ihn geschossen. Es war natürlich nicht seine vorrangige Absicht gewesen, den vermeintlichen Terroristen zu töten, aber wenigstens hatte er dadurch ein weitaus schlimmeres Blutbad verhindern können.

Anubis hatte von alldem nichts mitgekriegt. Denn inzwischen war ein Sanitäter herbeigeeilt, der die Platzwunde an Annettes Kopf notfallmässig desinfizierte und verband.

„Sie sollten zur Sicherheit trotzdem noch einen Arzt aufsuchen", riet er ihr, während er das restliche Material wieder in seinen Erste-Hilfe-Koffer stopfte. Ohne eine Antwort abzuwarten, marschierte der gute Mann eiligen Schrittes weiter, um die nächsten Opfer dieser wahnwitzigen Strassenschlacht zu versorgen.

„Tausend Dank, sie sind wahrlich ein Engel!", rief ihm Annette mit schwacher Stimme hinterher. Die wirklichen Engel jedoch, die ihre schützenden Flügel selbstlos über der düsteren Szenerie ausbreiteten, waren für menschliche Augen unsichtbar.

Als Anubis sich schliesslich erleichtert seufzend erhob und sich mit dem Ärmel den Schweiss von der Stirn wischte, wurde er beinahe von einem etwas korpulenten Mann in Uniform über den Haufen gerannt.

„Hallo, Herr Grünspecht, sie sind auch hier? Und ich dachte, dass ..."

„Tut mir leid Anubis, aber ich habe momentan gerade keine Zeit", keuchte Grünspecht ausser Atem, „da vorn auf dem Parkplatz liegt ein platter Terrorist."

„Ein platter was?", wiederholte Anubis mit einem verstörten Lachen. Gemeinsam mit Annette, die nun wieder selber gehen konnte, folgte er dem Kommissar, so gut dies in dem heillosen Durcheinander möglich war. Es war in der Tat gar nicht so einfach, den nicht gerade unscheinbaren Polizisten in dem ganzen Wirrwarr nicht aus den Augen zu verlieren. Als die beiden schliesslich den besagten Parkplatz erreichten, sahen sie gerade noch, wie zwei Beamte die in einer Blutlache liegende Leiche eines Mannes mit einem weissen Tuch bedeckten.

„Annette, schau nur", murmelte Anubis fassungslos, „das ... das ist doch Fennek. Nun hat es ihn also doch noch erwischt."

„Zum Glück hat es ihn erwischt, bevor er uns erwischt hat", erwiderte Annette befreit. „Jetzt sind wir wenigstens wieder aus der Schusslinie – zumindest bis auf Weiteres."

„Du hast recht", entgegnete Anubis nüchtern, „wahrscheinlich ist es besser so. Komm, lass uns lieber von hier verschwinden. Ich denke, für heute haben wir genug gesehen und erlebt. Ausserdem können wir hier sowieso nichts mehr tun."

Schützend legte er den Arm um Annettes Schultern,

dann schlenderten die beiden mit gemischten Gefühlen, aber dennoch eher zuversichtlich gestimmt dem herbstlichen Sonnenuntergang entgegen. Denn schlussendlich wusste sowieso niemand, was die Zukunft bringen würde.

„Im Gegensatz zu dieser apokalyptischen Vorhölle hinter uns scheint die romantische Abendstimmung vor uns so friedlich, dass es irgendwie fast schon ein bisschen kitschig wirkt, findest du nicht auch, Anubis?"

„Ja, und wir sind die beiden kitschigen Helden, die sich nach erfolgreicher Mission klammheimlich aus dem Staub machen. Ganz so wie in den alten Westernfilmen, wo die Guten am Schluss immer gewinnen."

„Das Gute siegt immer", lächelte Annette sanftmütig, „auch wenn es in dieser kalten Welt meistens nicht den Anschein macht."

Europa in Flammen

(Epilog)

Leider Gottes lag Anette mit ihrer Prognose, dass alles gut werde, ziemlich daneben. Obwohl Fennek, die Vaterfigur aller Verschwörungstheorien (die in Wirklichkeit keine Theorien, sondern nackte Tatsachen waren), nun nicht mehr unter den Lebenden weilte, hatten er und seine Schergen dennoch einiges erreicht. Langsam aber sicher ging nämlich die böse Saat auf, welche die herrschende Oberschicht erfolgreich in die Köpfe und Herzen der nichtsahnenden Menschen gepflanzt hatte. Die Folge davon war eine tiefe Spaltung der Bevölkerung, ja geradezu eine regelrechte Zersetzung der Gesellschaft. Denn als die einfachen Leute endlich kapiert hatten, dass sie im Prinzip von der Wiege bis zur Bahre bloss als Werkzeug der internationalen Hochfinanz sowie als Versuchskaninchen der Pharmaindustrie missbraucht wurden, war es bereits zu spät gewesen.

Alle Bürger, deren ehemals schöngeistig humanistisches Weltbild mittlerweile an der bitteren Realität zerbrochen war, wurden vom gut geölten Regierungsapparat mit den üblichen Propagandalügen mundtot gemacht. Kritik an diesem oberfaulen System wurde nicht geduldet und bereits im Keim erstickt. Dafür sorgten all die machthungrigen, verblendeten und vor allem stinkreichen Möchtegern-Diktatoren mit eiserner Hand. In Wahrheit hatten nämlich exakt diese widerlichen Parasiten, die sich an sämtlichen wichtigen Schaltstellen schon längstens eingenistet hatten, alles fein säuberlich geplant.

Wie zum Beispiel das noch nie dagewesene Invasionsszenario, das sich in Europa gerade abspielte. Die Folgen davon waren Gewalt und ausufernde Kriminalität an allen Ecken und Enden. Ethnische und religiöse Konflikte, die auf offener Strasse ausgetragen wurden, gehörten selbst in ehemals friedlichen Ortschaften plötzlich zur Tagesordnung. Auf einmal waren private Reisen nur noch mit einer Sondergenehmigung der Behörden möglich. Zusätzlich terrorisierte man die Menschheit mit arglistig inszenierten Pandemien, düsteren Weltuntergangsszenarien, vermeintlichen Killerviren oder hausgemachten Wirtschaftskrisen. In regelmässigen Abständen wurden die Gehirne der Menschen mit allerlei Horrormeldungen gefüttert mit der grössten medialen Angstpropaganda, die jemals stattgefunden hatte. Dadurch wurde es möglich, die ganze Welt innert kürzester Zeit von einem Irrenhaus in ein Gefängnis zu verwandeln. Doch die überaus zähe Menschheit gewöhnte sich erstaunlich schnell daran, in einem Irrenhaus *und* gleichzeitig in einem Gefängnis zu leben! Im Laufe der Zeit jedoch hatte man die breite Masse der Gesellschaft unter dem Deckmantel der *Politischen Korrektheit* auf derart geschickte Weise dressiert und herangezüchtet, dass man die Grenzen der öffentlichen Meinungsfreiheit Schritt für Schritt immer enger stecken konnte. Kollektives Kopfnicken und apathisches Nachplappern der offiziell anerkannten Meinung lautete die Devise.

Viele unbescholtene Menschen, die überhaupt nichts verbrochen hatten, behandelte man plötzlich wie Schwerverbrecher. Die selbsternannte Moralpolizei patrouillierte überall fleissig, vor allem auch virtuell. Virtualität statt Realität hiess das neue Motto. Systemkritiker und Querdenker wurden öffentlich diffamiert, der Lächerlichkeit preisgegeben oder im schlimmsten Fall sogar in sogenannte Isolationszentren gesteckt. Dies, um die obrigkeitsgläubigen Vorzeigebürger vor dem schlechten Einfluss solch mutiger Freidenker zu schützen. Anstelle von *Straflager* nannte man das jedoch verniedlichend *staatlich angeordnete Erziehungsmassnahmen zur Wiedereingliederung in die Gesellschaft.* Und all das geschah, während die wirklichen Schwerverbrecher weiterhin frei herumliefen und sich dazu sogar noch dumm und dämlich verdienten an dieser ganzen Weltkrise. Nun stand der seit langer Zeit angepeilten Zweiklassengesellschaft nichts mehr im Wege. Genauso, wie es Anubis in den geheimen Dokumenten mit eigenen Augen gesehen hatte. *Agenda der neuen Weltordnung: Herren und Sklaven.*

Die Ironie an der ganzen Sache aber war, dass viele Leute aus dem Volk all diese drakonischen Strafen oder den willkürlichen Freiheitsentzug auch noch befürworteten. In ihrem durch jahrelange digitale Verblödung und sonstige Gehirnwäsche vernebelten Geisteszustand realisierten diese kaputtgeimpften Halbzombies gar nicht mehr, dass sie schon längstens zu Sklaven ohne Ketten mutiert waren. Sie hatten sich unwissentlich zu willenlosen Spielbällen von bösen Mächten degradieren lassen, eingezwängt in einer komplett digitalisierten und perfekt durchorganisierten Welt. Der moderne Mensch war bloss noch ein Gefangener in einem undurchschaubaren, diabolisch-politischen Lügengebilde. Die Gleichschaltung der Gesellschaft nahm immer groteskere Züge an. Die psychologische Kriegsführung gegen die Menschheit, welche mit einer äusserst raffinierten Zermürbungstaktik einherging, schien zunächst erfolgsversprechend zu sein. Dank einem ständig aufrechterhaltenen Bedrohungsszenario konnte man die grosse Masse relativ leicht in eine bestimmte Richtung dirigieren. Viele Menschen waren durch diese Überflutung von negativen Gefühlen mittlerweile schon derart verängstigt, verwirrt und eingeschüchtert, dass sie gar nicht mehr wussten, wo ihnen der Kopf stand. Je mehr Chaos hervorgerufen wurde, desto weniger kamen die Leute zur Ruhe.

Zusätzlich wurde mit all diesen von sogenannten Experten empfohlenen Zwangsmassnahmen jeder gegen jeden aufgestachelt. Dieses gesellschaftsspaltende Schwert ging quer durch Familien, Firmen, Länder und Kontinente. In Wirklichkeit handelte es sich bei dieser besorgniserregenden Entwicklung um exakt dieselbe Systematik, wie sie schon seit vielen Jahrhunderten benutzt wurde. Die angewandten Methoden wurden jeweils lediglich verfeinert und in einem etwas anderen, zeitgemässen Gewand präsentiert. Man sät solange Zwietracht und widersprüchliche Ansichten unter der Bevölkerung, bis sich die Menschen in diesem ganzen Wirrwarr nicht mehr zurechtfinden. Im Mittelalter hatte man sowas noch Inquisition genannt. Heutzutage sind dafür moderne *Behavioral Designer* (Verhaltensumwandler) zuständig, die das Verhalten der Masse nachhaltig ändern, um sie gefügig zu machen.

Ebenso viele Leute *wollten* von all diesen komplexen Vorgängen, die hinter der Bühne der Weltpolitik sorgfältig arrangiert wurden, gar nichts wissen. Sie reagierten äusserst empfindlich, wenn plötzlich an ihrem über all die Jahre bequem eingerichteten Weltbild gerüttelt wurde. Tja, mit Scheuklappen und einem Brett vor dem Kopf lässt es sich halt entschieden einfacher leben. Wer will schon freiwillig aus seiner Komfortzone heraustreten und irgendetwas hinterfragen?

Nachdem die Menschen immer mehr von der ursprünglichen Natur sowie ihrer eigenen Menschlichkeit entfremdet worden waren, wurde dieser ganzen Verwirrungstaktik schliesslich noch die blenderische (Satans-) Krone aufgesetzt. Und zwar, indem allen willigen Bürgern mit geradezu unverschämt heuchlerischen Argumenten ein universelles Grundeinkommen versprochen wurde. Dies jedoch nur mit der Unterzeichnung eines Vertrages, gemäss dem die Einwohner sämtliche Besitztümer am Staat abtreten mussten und sich gleichzeitig dazu verpflichteten, jedes Impfprogramm sowie andere pharmazeutische Experimente an ihrem eigenen Körper bedingungslos über sich ergehen zu lassen. Nachdem dieser finale Pakt zwischen der (gen-)manipulierten Bevölkerung und dem Teufel endlich abgeschlossen war, stand dem grossen Neustart einer globalen Einheitsordnung nichts mehr im Weg. Ehemals angesehene Werte wie Individualität und eigenständiges Denken waren in der *neuen Normalität* definitiv nicht mehr erwünscht. Stattdessen strebte man eine kollektive, systemkonforme Herdenmentalität an, in der die Devise lautete: Erziehung statt Entfaltung.

Diese ersten züngelnden Flammen an der Festung Europa weiteten sich innerhalb kürzester Zeit zu einem verhängnisvollen Flächenbrand aus, bis die Situation schliesslich eskalierte und vollkommen ausser Kontrolle geriet. Wie vorausgesehen, entlud sich der angestaute Frust irgendwann in bürgerkriegsähnlichen Szenarien und im puren Chaos. Es dauerte nicht lange, bis das angestrebte Endziel erreicht war und Europa endgültig in Flammen stand. Das ehemals stolze, zivilisierte und kulturell hochstehende Reich hatte sich dank einer relativ kleinen Gruppe von selbsternannten Elitedenkern in eine grauenhafte, riesige Müllhalde verwandelt.

Dann endlich, als die übriggebliebenen Menschen furchtbar verstört und eingeschüchtert waren, schlug die grosse Stunde der geheimen Drahtzieher. Auf Wunsch der verängstigten Bevölkerung, die mehr Schutz einforderte, wurden systematisch strengere Gesetze sowie noch mehr staatliche Überwachung eingeführt, um dem fingierten Terror Einhalt zu gebieten. Nun stand der totalen Kontrolle der Bürger in jedem einzelnen Lebensbereich nichts mehr im Weg. Der letzte Schachzug, der nötig war, um die neue Weltordnung definitiv zu etablieren, konnte jetzt ohne Gegenwehr ausgeführt werden. Der superschlauen Menschheit, die sich nach wie vor arrogant für die Krone der Schöpfung hielt, war es wieder einmal souverän gelungen, sich selbst schachmatt zu setzen.

Bravo, tolle Leistung!

Anmerkung des Autors:

Ein fröhliches Happy End wäre mir ehrlich gesagt auch lieber gewesen. Aufgrund der momentanen Weltlage (wir schreiben das Jahr 2016), die buchstäblich einem hochexplosiven Pulverfass gleicht, scheint es mir dieses Mal jedoch eher unpassend, etwas künstlich zu beschönigen. Aber wer weiss, vielleicht müssen wir Menschen ja von Zeit zu Zeit an unserem eigenen Versagen zerbrechen, bevor wir überhaupt irgendetwas kapieren.

Es wird uns auch nicht viel nützen, wie kleine Kinder den lieben Gott im Himmel um Hilfe anzuflehen und auf einen himmlischen Eingriff zu warten, solange wir ständig nur auf die oberflächlichen, vergänglichen Dinge der irdischen Welt ausgerichtet sind. Die zeitlosen Wahrheiten, die in allen bedeutenden Kulturen der Menschheitsgeschichte bekannt waren, wurden von bestimmten Gruppierungen schon immer absichtlich völlig verdreht. Und zwar so, dass dieses ungeheure Mysterium der Schöpfung – oder anders ausgedrückt: das uralte, heilige Urwissen der Menschheit – mittlerweile jegliche Bedeutung verloren hat.

Im Gegenzug ist die überaus stumpfsinnige, hochtechnisierte, klinisch sterile und als Resultat dieser Entwicklung zum Verzweifeln trostlose, kalte Scheinwelt für die meisten von uns schon längstens zur schmerzlich täuschenden Realität geworden.

Deshalb ist es nur selbstverständlich, dass wir Menschen so lange auf der untersten, dunklen Stufe unseres geistigen Entwicklungsweges steckenbleiben werden, bis wir den materialistischen Schleier des Truges, der uns vor langer Zeit aufgezwungen wurde, aus eigener

Kraft lüften und unsere egoistische Besitzgier sowie unsere narzisstische Herrschsucht endlich überwinden. Doch solange wir die ewig gültigen Lebensgesetze nicht verstehen, werden wir niemals die Könige der Welt sein, sondern lediglich deren freudlose Knechte, die wie von einem lähmenden Pfeil vergiftet durch die kurze(n) Zeitperiode(n) hetzen, die wir Leben nennen. Aber vermutlich werden all die klagenden Stimmen, die sich mahnend aus dem Rausch unseres krankhaften Zerstörungswahns erheben, erst dann Gehör finden, wenn es bereits zu spät ist. Beschäftigen wir uns also lieber weiterhin mit belanglosen Nichtigkeiten und tun so, als ob alles in Ordnung wäre …, bis zum bitteren Ende!

Aber um das Buch doch noch mit etwas Positivem zu beenden, sei hier noch folgendes erwähnt: Die etwas turbulente Zeit, in der wir uns gerade befinden, läutet natürlich nicht das Ende der Welt ein, sondern stellt bloss eine Art Übergang in ein neues, besseres Zeitalter dar. Die ersten, hellen Schimmer dieser mächtigen Neuordnung zeichnen sich bereits am Horizont ab. Wir sind sozusagen mittendrin in diesem aussergewöhnlichen Spektakel, in diesem globalen Quantensprung – und die meisten merken es nicht einmal. Was wir daraus machen, hängt schlussendlich von uns selbst ab. Je mehr sich unser Bewusstsein erweitert und wir uns wieder auf die Achtung von Natur, Mensch und Tier zurückbesinnen, desto reibungsloser wird der kommende Wandel vonstattengehen.

Deshalb sollten wir, die wir bloss vorübergehende Gäste auf diesem wunderschönen Planeten sind, uns ernsthaft fragen: Wollen wir uns weiterhin wie zähnefletschende, tollwütige Raubtiere verhalten und uns gegenseitig auffressen? Oder kommen wir doch noch zur Vernunft, bevor unsere unendlich geduldige Gastgeberin, Mutter Erde, für die meisten ihrer Bewohner/innen zu einem unerträglichen Ort geworden ist? Tja, das können dann wohl erst spätere Generationen beurteilen. Hoffen wir zumindest, dass alles besser wird. Denn die Hoffnung stirbt bekanntlich zuletzt.

In diesem Sinn:
Time for Change ... (Mötley Crüe)

*Es ist leichter, Menschen zum Narren zu halten,
als sie davon zu überzeugen,
dass sie selbst zum Narren gehalten werden.
(Mark Twain)*

Delia
Zwischen den Welten

Roger Kappeler

E-Book & Taschenbuch
242 Seiten

Mitten in der Nacht werden die beiden mexikanischen Staatsangehörigen Delia und Sancho bei ihrem Fluchtversuch an der amerikanisch-mexikanischen Grenze von einer Polizeipatrouille überrascht.

Während Sancho geschnappt wird, gelingt Delia die Flucht ins Ungewisse.
Wie sich jedoch herausstellt, ist dies erst der Anfang von einem absolut unglaublichen Abenteuer ...

Erhältlich auf Amazon.de
ISBN 978-1-500425-93-7

Der Fluss des Lebens

Roger Kappeler

E-Book & Taschenbuch
300 Seiten

Eines Tages laufen sich Anja und Nick scheinbar rein zufällig über den Weg.

Von diesem Moment an ist für die beiden nichts mehr so, wie es einmal war. Eine Reihe von äußerst seltsamen Begegnungen führt die zwei jungen Leute rund um den Globus und verwickelt sie in die unglaublichsten Abenteuer. Ihre Aufgabe besteht unter anderem darin, sich dem Fluss des Lebens vertrauensvoll hinzugeben, anstatt immer alles krampfhaft kontrollieren zu wollen.

Wie sie bald feststellen, kann das Schicksal nur bis zu einem bestimmten Grad beeinflusst werden. Oder etwa doch nicht ...?

Erhältlich auf Amazon.de
*** ISBN 978-1-500577-28-5***

Die Pforte von Nebadon

Roger Kappeler

E-Book & Taschenbuch
150 Seiten

Diese Geschichte ist so absolut unglaublich, dass man sie eigentlich gar nicht in Worte fassen kann. Dennoch ist dies hiermit zum ersten Mal seit der Erfindung von aufblasbaren Gummibärchen gelungen. Was, die sind noch nicht erfunden worden? Na ja, wie auch immer. Jedenfalls geht es hier um das verrückte Abenteuer der Hauptfigur Sam, der ursprünglich bloß auf der Suche nach einem neuen Job ist. Doch plötzlich landet er auf mysteriöse Art und Weise im Reich Nebadon, das sich verborgen tief im Erdinneren befindet. Dort erfährt er von seinem geheimnisvollen Auftrag, gemeinsam mit Miranda-Panda den atlantischen Kristall zu ... ach, weißt du was? Am besten liest du das Buch doch einfach selber ...

Erhältlich auf Amazon.de
ISBN 978-1-500690-63-2

Zürich
Magic happens

Roger Kappeler

E-Book &
Taschenbuch
170 Seiten

Nachdem Joe´s Schwester Anna bei einem Autounfall ums Leben kommt, geschehen in seinem Leben merkwürdige Dinge. Joe stellt verblüfft fest, dass er auf einmal ein völlig neues Bewusstsein hat, was sein bisheriges Weltbild ziemlich auf den Kopf stellt. In seinen mysteriösen Visionen reist er zusammen mit der nicht irdischen Lichtgestalt Sram durch unendliche, strahlende Sphären außerhalb von Raum und Zeit. Auf diesen Ausflügen erfährt er, dass noch unzählige Versionen von Zürich in anderen Dimensionen existieren. Eigentlich wollte der adoptierte Joe bloß das Geheimnis um seine wahre Herkunft lüften. Als er sich jedoch zufällig mit dem Mann befreundet, der seine Schwester auf dem Gewissen hat, nimmt alles einen anderen Lauf und das dramatische Abenteuer in Zürich geht erst richtig los ...

Erhältlich auf Amazon.de
ISBN 978-1-500713-21-8

Hasret
Lady in Black

Roger Kappeler

E-Book &
Taschenbuch
204 Seiten

Dies ist die unglaublich bewegende Lebensgeschichte der zauberhaften Hasret, die als Baby adoptiert wird. Das arabische Waisenkind wächst in einer gutbürgerlichen Familie in der Schweiz auf, bis die große Liebe ihr ganzes Leben auf den Kopf stellt.

Mit knapp zwanzig Jahren beginnt die herzzerreißend dramatische Odyssee der bildhübschen Hasret, die sie rund um den Globus führt. Doch es gibt da noch ein dunkles Geheimnis um ihre wahren Familienverhältnisse ...

Eine packende Mischung aus Biografie und Roman

Erhältlich auf Amazon.de
ISBN 978-1-500820-86-2

Mein letzter Tag auf der Erde

Roger Kappeler

E-Book & Taschenbuch
188 Seiten

Als Tom an diesem scheinbar ganz normalen Dienstagmorgen aufwacht, ahnt er noch nicht, dass dies der letzte Tag in seinem Leben sein sollte. Doch die unerwartete Bekanntschaft mit dem sympathisch-tollpatschigen Sensenmann, der ihn ins Jenseits befördern will, bringt alle seine glorreichen Zukunftspläne durcheinander.

Auf der wahnwitzigen Flucht vor dem Tod erlebt er die unglaublichsten Abenteuer und stolpert dabei von einem Fettnäpfchen ins andere. Gerade als Tom glaubt, den hartnäckigen Sensenmann endlich abgeschüttelt zu haben, schlägt die Kirchenuhr Mitternacht ...

Erhältlich auf Amazon.de
ISBN 978-1-501025-65-5

Das ewige Abenteuer

Roger Kappeler

E-Book &
Taschenbuch
224 Seiten

Mike staunt nicht schlecht, als er nach seinem physischen Tod plötzlich an der Himmelspforte steht und sich lebendiger denn je fühlt. Völlig überrascht stellt er fest, dass das wahre Leben jetzt erst richtig losgeht, und zwar volle Kraft voraus. Zusammen mit seinen neuen Gefährten bricht er auf, um dem Geheimnis des ewigen Abenteuers auf die Spur zu kommen.

Auf dieser unglaublich verrückten Reise kreuz und quer durch unzählige Universen erfährt Mike auf witzige und zugleich dramatische Weise, dass in dieser gigantischen Schöpfung alles miteinander verbunden ist. Doch wer ist der Typ, der sich dieses ganze Spiel ausgedacht hat? Tja, Leute, das erfahrt ihr wohl nur, wenn ihr das Buch selber lest ...

Erhältlich auf Amazon.de
ISBN 978-1-503179-25-7

Starchild Terry

Roger Kappeler

E-Book & Taschenbuch
154 Seiten

Obwohl es Terry materiell eigentlich gut geht, nagt tief in seinem Inneren eine quälende Unzufriedenheit. Ein selbstverschuldeter Autounfall ändert sein Leben schlagartig. In bewusstlosem Zustand erscheint ihm eine vorwitzige Wesenheit, die behauptet, sein Geistführer zu sein. „Galak", wie sich dieses Wesen nennt, begleitet Terry von nun an durch den Alltag und erklärt ihm die universellen Zusammenhänge des Lebens. Auf geheimnisvolle Art und Weise treten plötzlich die verrücktesten Menschen in Terrys Leben, und ehe er sich versieht, ist er plötzlich Buchautor. Langsam beginnt er zu verstehen, dass er durch seine Gedanken seine eigene Realität erschafft.

Durch diese Erkenntnis beginnt ihm das Spiel des Lebens allmählich Spaß zu machen; der graue Alltag wird auf einmal abenteuerlich.

Erhältlich auf Amazon.de
ISBN 978-1-505347-38-8

Starchild
Terry II
Melinda

Roger Kappeler

E-Book &
Taschenbuch
148 Seiten

Terry und seine verrückte Rasselbande sind zurück, um gemeinsam weitere fantastische, in dieser Form noch nie dagewesene Abenteuer zu bestehen.

Diesmal begleiten wir Melinda auf ihrer witzigen und zugleich dramatischen Reise vom sogenannten Jenseits in ihre neue Inkarnation und erfahren, dass Leben und Tod lediglich zwei Seiten derselben Medaille sind.

Doch Melindas Leben verläuft alles andere als normal. Egal, ob sie gerade mitten in entstehenden Kornkreisen übernachtet, das scheinbare Ende der Welt miterlebt oder durch das Weltall in die Heimat der Sternenkinder reist, immer ist irgendetwas los.

Erhältlich auf Amazon.de
ISBN 978-1-505863-57-4

Das grosse Werk

Roger Kappeler

E-Book & Taschenbuch
244 Seiten

Als der noch junge Musiker Orion seine vielversprechende Karriere vorzeitig beendet, ahnt er nicht, was für absolut unglaubliche Dinge ihn im folgenden Lebensabschnitt erwarten. Seine wahre Berufung findet er nämlich erst, als er dem weltlichen Erfolg mit all seinen materiellen Verlockungen freiwillig den Rücken kehrt. Durch eine Verkettung von mysteriösen Begebenheiten gerät er schliesslich in einen äusserst turbulenten Strudel, der ihn kreuz und quer durch Raum und Zeit reisen lässt. Doch bevor Orion seinen Teil zu diesem unermesslich grossen Werk beitragen kann, muss er sich zuerst einigen Prüfungen stellen. Wird es ihm gelingen, sich von der grossen Illusion des Lebens und des Sterbens endgültig zu befreien? Oder wird er sich von seinem ewigen Widersacher erneut in weltliche Angelegenheiten verstricken lassen?

Erhältlich m Buchhandel
ISBN 978-3-7494-1782-7

22
(und eine halbe)
fantastische Kurzgeschichten

Roger Kappeler

E-Book &
Taschenbuch
200 Seiten

Was haben ein tollpatschiges Panikorchester, eine missglückte Flugzeugentführung und Süpermän gemeinsam? Findet Fufu der Clown sein verlorenes Lachen wieder? Und weshalb gibt es eigentlich keine Repressalien für die Cerealien? Erfährt Elina die Antworten auf ihrer mysteriösen Astralwanderung? Oder braucht es dazu etwa einen Krieg am Salatbuffet? Hm, Fragen über Fragen. Aber vielleicht erfahren wir ja mehr von Knäckeback, dem beknackten Zwiebrot. Denn als die Welt noch ein Gugelhupf war, gab es noch keine halben Sachen. Naja, abgesehen von halben Kurzgeschichten vielleicht. Doch lest am besten selbst, was es mit all den Helden, Glückspilzen und Pechvögeln auf sich hat. Und ob es noch Wunder gibt ...

Erhältlich m Buchhandel
ISBN 978-3-7494-1782-7

Autobiografie aus dem Jenseits
Ein Reiseführer durch astrale Welten

Roger Kappeler

E-Book & Taschenbuch
224 Seiten

Dies ist die einzigartige Geschichte von einem ehemaligen Menschen namens Eloy. Ehemalig? Ganz genau. Denn Eloy berichtet uns, was er seit seinem physischen Tod so alles erlebt hat im sogenannten Jenseits. Seine persönlichen Erfahrungen decken die ganze Palette zwischen Himmel und Hölle ab. Wir erfahren nicht nur, wie es auf der anderen Seite der Welt aussieht. Sondern auch, aus welcher Perspektive die dort existierenden Wesen das bunte Treiben auf der Erde beobachten.

Erhältlich im Buchhandel
ISBN 978-3-7519-2250-0

Ein magischer
Zaubertopf
voller Kurz-
geschichten

2. Sammelband

Roger Kappeler

E-Book &
Taschenbuch
264 Seiten

Geheimrezept für einen magischen Zaubertopf voller Kurzgeschichten: Man nehme eine grosse Portion frisch gemahlene Fantasie, einen Esslöffel Humor sowie eine Prise wilde Abenteuerromantik. Das Ganze mit dem Schwingbesen zu einer schaumigen Masse verrühren und anschliessend mit einem Schuss historischer Fakten abschmecken. Danach die farbenfrohe Buchstabencrème in einzelne Kapitel aufteilen. Zum Schluss alles in magische kleine Zaubertöpfchen giessen und auskühlen lassen. Et voilà.

Erhältlich im Buchhandel
ISBN 978-3-7526-9182-5

FSC
www.fsc.org
MIX
Papier aus ver-
antwortungsvollen
Quellen
Paper from
responsible sources
FSC® C105338